山田太一エッセイ・コレクション

昭和を生きて来た

山田太一

河出書房新社

まえがき

これは平成になって昭和を回想した本ではない。昭和九年に生まれて昭和を長く生きて、その昭和がまだ続いている間に書いた拙文を集めたものである。いくらかは平成のものもあるが大半は昭和である。

だからといえるのかどうか分らないが昭和はなんだったのかというような文章はかえって少ない。今生きている時代を過ぎたようには語れないものなのかもしれない。しかし、文庫にして下さるというので読み返すと、些事《さじ》を語る文章のあちこちで昭和を感じてしまう。自分が昭和で形成され、平成になってからの変化をよそからの攻撃のように感じていることに気づくのである。

その変化の第一がコンピューターの大衆化、携帯電話の普及などだから、それらを当り前のようにして生きている人たちと私が同じとはいえない。違いからなにか取得《とりえ》を感じていただくしかないともいえるが、考えればたかだか二十数年の変化なのだから、違いよりは共通の世界の方が大きいはずで、昭和をことさら強調することもないかとも思うのだが、どこかで強調したい気持もあるのである。

十一歳までだが、私は戦争中の日本を体験している。小学校五年の八月に敗戦となり、アメリカのリードで社会の価値観ががらりと変った。すでにいい古されたことだが、それはもう劇的な転換で、国のために命を捧げるのが美しいとされていたのが、「死んじゃダメ。どんなことをしても生きぬくのが一番」ということになったのだから、戦争で死んだ人々は運が悪くて、すすんで国のために死のうとした人々は悪いけど迷妄の中にいたのだというような事になった。

その価値観は現在にまで及んでいて、今の私もその平和な時代を生きているのだが、このところの中東から発する解決のかたちが一向に見えないテロのニュースに接すると、かつての日本人もそれほど遠くないところにいたのかもしれないと思うのである。不安である。まさか今の日本人があ
あしたテロに加担して自爆することなどあるはずがないというのが常識かもしれないが、私はどこかで日本人だって分らないという思いがある。かつての神風特攻隊は「自爆」そのものであった。帰還する油は積まず敵艦を目がけて戦闘機ごと爆弾となって突っ込んだのである。本人の意志ではなかった。拒否できる状況ではなかったというのも本当だろうが、本当のすべてではないだろう。万事が嫌々であんなことができるものではない。仮にでも、自分の生命《いのち》より優先するものを信じて身を投げ出したはずである。

そして敗戦になった。

がらりと変った。民主主義になった。黒が白になり、白が黒になるくらい価値観が変った。新しい教科書が印刷される暇もなく、手持ちの教科書の何ページの何行目から何行目までは黒く墨《すみ》で塗って読んではならないということになった。そのあたりの変化の早さは、あれよあれよ、というほどだった。

子どもの印象だから証言というほどのものではないが、がらりと戸があいて新時代がやって来たという気持だった。その変化を知っている人と、それ以後の人とで、昭和の把握にいくらか違いがあるのではないか、というのが私の気持の底の方にある自負と不安である。

昭和天皇が亡《な》くなった翌日、私は横浜に用事があって、ついでに中華街で昼をとろうと足を向けた。パタリとどの店も閉めていて歩く人もいなかった。じわりと恐怖のようなものが湧《わ》いたのを思い出す。テレビも一斉に娯楽番組を自粛していたのだし、それが中華街に及んでいることは見当がつきそうなものだと今は思うが、その時は意表を突かれた。

がらりと日本が変った、ほらほらこんな風にして日本は変るんだ、と思ったのは、敗戦のころの「がらり」が、どこかに刻まれていたせいだと思う。

ともあれ、日本人はラジカリズムからは縁遠いなどと思うのは、誤解である。八十年前あたりの日本は、とんでもない強権の国だった。今の北朝鮮や中国の現実をどこまで知っているかは心もとないが、おそらく日本の戦時中はそれを上回るかもしれない圧政の国だったのである。気がつくと「がらり」とそのころに（昔ほど露骨ではなく、表面に平成の偽善をまぶして）戻ってしまっていたという仮定をしてみるのもバカバカしいことではないと思う。

話はいきなり飛ぶが、先日ラジオを聞いていたら髭《ひげ》を剃《そ》る安全カミソリのCMが聞えて来た。女性にはたぶん縁遠い事で恐縮だが、私は一枚刃の安全カミソリを長く使っていた。それはもう理髪店が使うカミソリなどより格段に使いやすく、跡始末も楽で電気カミソリが現われても関心がなかった。そこへ二枚刃が登場したのである。するとやはり二枚刃だけあって剃り残しも少なくなった。そこへ三枚刃が現われた。私はそれほど濃い方ではないので（一晩で〇・一ミリか二ミリという平均だと思う）買うほどのことはないと思っていたが、替え刃が三枚刃主流になって来て、二枚刃は品薄で値段も高くなった。ない、というようなことにもなった。で、三枚刃用の替え刃を買うと、その三枚刃に新型の製品が出て来て、それに合う替え刃が出回りはじめ、はじめの製品に合う替え刃が品薄になり、これも値段が高くなった。でも捜せば手に入らなくもないので前からの三枚刃で暮しているのだが、そこへラジオから五枚刃の新型が出たというCMが聞えて来たのである。しかもその刃は日本刀をつくる時の技術が導入されているというのである。製品が進化するのは悪いことではないし、この世には髭が人並以上に濃い人もいるだろうから水をさすようなことはいいたくないが、私には、どう考えても三枚刃ぐらいで充分であり、その製品をもう少し馴染《なじ》んで愛する暇をあたえてくれてもいいのではないか、髭を剃るのに日本刀の技術はほんとに必要なのだろうか、と思う。どしどし新製品を出さないと同業他社に負けそうだからとか、商売の都合は分るが、少し変化が早すぎないか。

もちろんこれは髭剃りの話だけのことではない。一方で、これも髭剃りの話ではないが新製品が出ると前々日から徹夜して並ぶのが楽しみの人たちもいるのだから、こんな文句は時代おくれの昭和の愚痴である。それだけのことなら結構だが、四十分で東京から名古屋へ行くリニアモーターカーは、大半トンネルの中だとか。値段を考えないでオリンピックのメイン会場となる新国立競技場のデザインを決めたとか聞くと、上すべりが過ぎるように思う。いつの間にか目をそらしていた「本当」がたまって来て、「がらり」と日本の今の本当が白日《はくじつ》の下《もと》に現われて、みんなで立ちすくむようなことがないといいけどと思う。

二〇一六年一月

山田太一

昭和を生きて来た　目次

III

IV

V

昭和を生きて来た

I

呪縛

いきなり大振りな話で恐縮だが、たとえばカンボジアの内戦で家族を失ったとか、アウシュビッツの生き残りだとか、そういう人は以後その体験ぬきになにかを感じたり考えたりすることは難しいだろう。

だからその体験を自己形成の核に置く生き方をする人がいるのは当然だが、一方で、なるべくそうした体験に縛られたくない、現在の生活に限定して、なんとか個人的に生きたいという人も少なくないだろう。

どっちかといえば私は後者の方で、たとえばアメリカの黒人として生まれたとしても、なるべく黒人問題というような渦中から遠ざかって、個人としての人生を生きることを願うだろう。

無論そんなわけにはいかなくなる時もあるにちがいないが、なるべく大状況に巻き込まれずに個人として生きられることを幸福に思うだろう。そして、そのように生きられる人の多い社会がいい社会だと思っているところがある。

で、いまの日本で、わり合い個人的な人生を生きていることを、ありがたいことに思う。

なにをいっているか、日本はこのままでいいのか、みんなでなんとかしなくてはいけない問題はいっぱいあるだろう、といわれればその通りだが、本音をいえばあまりみんなでなにかをしたくない。

社会との関わりは、自分の仕事で（人のことはいいたくないが）ウランをバケツで扱ったり、牛乳タンクの清掃を省略したりというようなことが、なるべくなければ、それでいいのだと思っている。「職人タイプ」というようなものかもしれない。

その上過去に圧倒的体験があったわけではないから、その種の縛りもなく（逆にいえば、それを生の根拠にすることも出来ず）フワフワといまの狭い日常を生きているだけの人生なのだが、一点だけ、自分でもどうにもならない縛りというか、無視できない大状況の後遺症が自分にあることに驚くのである。

当惑する、といってもいい。

食べものの話が書けない。

どこの土地のなにがおいしかったとか、あそこの店のなになにはひどかったとか、そういうことが書けない。書けない、ということは、長い年月なので、何度かなにかに書いた。それはつまり、書けないという人間でも書けないということをたまには書かざるを得ないくらい、食べものについての文章は需要があるのだ。

なぜ書けないかといえば、これはもうあきらかに小学校後期から中学校時代の食糧難の体験が尾をひいている。ただし、モラルとか覚悟とか意地とかとは無関係である。そういう意志的なものではなく、もっと生理的なものだ。高所恐怖症の人と似ているのかもしれない。その領域へ入ろうとすると、すくんだようになってしまう。

私は三歳までに人間は大半決定されてしまうというような教育論が大嫌いで、幼児体験が後年本人にも意識されずに選ぶ女性の傾向を支配している、というような因果物語をバカにしているのだが、どうもこの少年期の体験は、いまでも少しばかり私を呪縛《じゆばく》しているのである。

そして、これは私の意に反することなのだ。前述したように大状況からなるべく離れて、個人的に生きたい方なので、現在の大状況ならともかく、過去の忘れたいような大状況の記憶など、ひきずっていたくないのである。

同世代から「グルメ」とかいわれている人も出ているのだから、宿命的なものではないはずだし、克服できる病気なのだと「教えたくないこの店この味」とかいうような企画に、病後のリハビリのように応じようとしてみるのだが、どうもその種の体験をどこかで抑圧してしまうらしく、いざとなると、そんな店もそんな味もないように思えて辞退してしまうのである。

同世代に、かぼちゃが嫌いだという人が結構いる。少年期にかぼちゃばかり食べさせられたから、というのだが、その種の後遺症と似ているのかもしれない。

私の家では、どういう訳かかぼちゃはほとんど現れず、メインは薩摩芋《さつまいも》であった。薩摩芋は蔓《つる》まで刻んでお粥《かゆ》に入れて食べた。蔓は、絶えず飢えていた子供の舌でもまずく、いまでも大豆から油をとったあとの豆粕《まめかす》と共に、まずいものの双璧（？）で、二度と食べたくないが、ことによるとそれは調味料がなかったせいかもしれない。いまなら案外「オツな味」とかいうくらいには料理することができるかもしれない。だったら食べてみたくないこともない。なにしろ実にしばしば厄介にはなったのである。

しかし、薩摩芋本体には及ばない。三度三度薩摩芋ということもあった。しかも一本とか二本とか。おやつとかいうものもなく、うまく沢山買えた時には、一本追加して、それがおやつといえばおやつで、これでは栄養失調になるのは当然で、ガリガリに痩《や》せて、おできが出来ると癒《なお》らず、掌《てのひら》にまで十円玉大に黄色く膿《うみ》をもったできものがひろがり、痛くて夜も眠れず、鉛筆も持てず、全身がいつもだるくて、治療に行ったところは、観音像の掛け軸が床の間にかかった「オヒカリサマ」とかいう宗教の出店で、だるいところを擦《さす》ってくれるわけでも、おできの膿を出してくれるわけでもなく、「手かざし」をして祈ってくれるだけなのである。

思わず改行なしで昔話をしてしまったが、短い間にせよ、そういう体験をした人間が、「これはちょっとコクがなくて食べられないね」などというのは、どうもなんだかはずかしい。

口に入るものがあればなんでも食べ、絶えず空腹だったのである。その頃の自分を思い出すものだから「これはもう一声塩が足りないな」と思っても、「そんなことい
えた俺《おれ》か」と黙ってしまうのである。時代錯誤は承知だが、「どんな味だって、食べられるだけで、なんと有難《ありがた》いことか」という気持が横切るのである。

これは私だけではなく、たぶん私と同世代の多くの底流にある思いで、だから出されたものを残すのが下手である。医者に食べすぎをいさめられ、残せると「やったぞ」とひそかな達成感がある人は少なくなく、そう考えてくると私が食べものについてあれこれ書けないのも、特別変ったことでもないような気がしてくる。

私より十歳ほど年長だと学徒出陣、神風特攻隊の世代である。

「セックスをしてる時にね」とその世代の人の話を聞いたことがある。「ああ、こういういい思いを、ろくにしないで死んで行った奴がいっぱいいるんだよなあ」と後ろめたい気持が横切るという。そういう人は、どこそこでこういうセックスをしたの、こうやったら喜びが倍増したなどと、やはり書きにくいのではないだろうか。

栄養をとりようもなく結核で死んでいった兄。なんとか生きようとして握り飯を口にするが、どうしても喉《のど》を通らず、固くなった握り飯を蒲団《ふとん》の中にいくつか残して死

んだ母。

昔話をすると嫌《いや》がられるから口にしない癖がついてしまったが、一度たづなを放すと、とめどがないような気がする。

テレビで大食い競争とか、食べものを笑いの種にした番組がはじまると、いたたまれない。嫌悪と怒りがこみ上げる。いちいちそんなことを口にしては不快だろうと黙っているが、私如《ごと》きエゴイストの内部にも、そんな呪縛が解けずにあるのである。まったく「食べものの恨みは怖い」のである。

（二〇〇一年）

明るい話

明るい話を書きたいのだが——と書いて、なぜそんなことを思ったのかと考えると、不景気だし朝刊だし、なにも「風ひかる」という随筆欄まで暗い話を書くことはないだろうと気を回したのである。一種の礼儀といってもいい。

なに文筆業者の商法だろうという人もいるかもしれないが、六十半ばを越してしまうと、そんな配慮はほとんど抜け落ちている。いつ倒れるか、いつ死ぬか分らない齢《とし》になって随筆で世渡りは考えない。

今年になっても友人がひとり欠けふたり欠けというように亡《な》くなった。その葬式のひとつで、後ろの席の同年の友人二人の小声の会話が聞こえた。

「六十半ばを生きのびるとね、あと十年は大丈夫って話だよ」「いいこと聞いたなあ」

そんなバカな話はない。それでも人は明るい話を必要とするのだろう。戦争中、金魚を飼うと空襲に遭わないという話がひろがったのを思い出す。なにしろ焼夷弾《しょういだん》、爆弾の落とされ放題なのだから、現実をちゃんと把握したら無力感に打ちひしがれてしまう。金魚に希望を見つけた人の方が幸せだったのかもしれない。

しかし、いま私たちにとって明るい話とは、なんなのだろう。どうも当然のように明るい話を書こうとした自分が気にくわない。

はっきり暗い話が嫌われるようになったのは、一九八〇年代のはじめあたりではないだろうか。六〇年代あたりまでは、ちょっと暗いくらいの男の方が女性にももてたのである。髪をかき上げて人生について、政治についてなにか考えがあるような顔をした方が格好よかった。悩みのない、明るい青年などという者は、愚かしい感じがあった。

七〇年代に明暗が入れ替わって行く。

自分たちは案外幸福なのではないか、意識だけが不幸なのではないか、幸福と思うことを恥じることはないし、人生を楽しむのを後ろめたく思うこともないのだ、ということになってくる。

その転換はリアリティーがあった。

「悪政の横暴」のわりには豊かだし、文学がいうほど人生は面倒ではないし、女性だって「花のいのちは短くて悲しきことのみ多かりき」（林芙美子）などという言葉に自分を重ねることができなくなってきた。

そして「お笑いブーム」がやって来る。「笑っていいとも！」ということになる。

それは若い人たちの意識をどれだけ解放したか知れない。面白いという男がもてるようになった。

しかし、それは一方で、暗い男の魅力など見当もつかなくなるという美意識も生んだ。「マジな議論」は居場所を失《な》くし、弱さや悩みは隠さないといじめられてしまう。

明るさ面白さは強迫となって、とりわけ若い人たちの日常を支配して行く。

「明るくなければいけない」「面白くなければいけない」

しかし、人生がそんなに明るく面白いわけがないから、長きにわたれば無理が出て来る。隠した暗さや弱さが自分でも目をそむけたままふくらんで行く。そして、突然「キレる」。

少年たちの暴力も、弱さや暗さ、悩みや孤独に美や魅力を見つけられなくなってしまった社会のせいも大きいのではないだろうか。

もし弱さや暗さが格好よかったら、もし孤独や不器用がセクシーだったら、どんなに少年も親も先生も助かるだろう。金持ちより少し貧乏な方がセンスがいいとか、行動するより立ち止まって考える人間の方が質がいいとかいう美意識がひろがったら、どんなに生きやすくなる人が沢山いることだろう。

無論、明るさ面白さも捨て難いが、そればかりが一人勝ちしていいわけがない。

暗いアイドル、口ごもるヒーロー、病気がちのスター、ものおじするスポーツ選手、考え込むキャスターを開発すべき時代が来ているのではないだろうか。軽々に「明るい話」は書けない。

（二〇〇〇年）

私が受けた家庭教育

ことあらためて父や母に「教育を受けた」という記憶はない。八人兄弟の七番目で、手がまわらなかったのかもしれない。

映画会社にいたころ、無頼な印象の先輩が食事のときに必ず正座をするのを見たことがある。子供のころからそうしつけられたのであぐらでは気持が悪いということであった。そういうしつけの痕跡が、私にはまったくない。

「食べてすぐ寝ると牛になるぞ」などという、だれに教えられたのかわからない抑圧は多少ないこともないが、あとはまったくしつけなどというものから自由であった。

高校のころには、わが家にあまりにもしつけが不在であることを嘆き、自らしつけのいい人間になろうと、はためには多分滑稽《こっけい》であったろう、努力を重ねたことであった。

それにもかかわらず、父や母の存在は私に深く影を落としているので、改めて家族というものの威力を思わざるを得ない。父も母も存在そのもので、私を教育したといっていい。家庭教育というものは、本来そうあるべきだ、と今では思っている。父も母も、子供の前で自分をつくろったり、きれいなことは言わなかった。人間はこうあるべきだ、などという観念的なことは少しも言わなかった。人間は結局、自分だけがかわいいのであり、他人は決して本気でお前に興味を持ったりはしない、ということを酒を飲むと、父はよく言った。それは赤の他人との関係にとどまらない。親子でもそうだ、ということを私は父からも母からも教えられたと思う。

こう書くと陰惨な話のようだが、そうではなく、人間は本来そういうものだから、わずかに結びついている時が尊いのだ、という認識が、父にも母にもあった。それをことばではなく、日々の生活で私は教えられた。

子供だから親を大切にするのは当り前というような考えを、少しも父は持たないように見えた。子供は本来はなれて行くものだから、いくら冷たくはなれて行こうと、そんなことで傷つかないぞ、というような覚悟のようなものを、いつも感じた。

母を早く亡《な》くし、父は長く一人である。

その父を囲んで、兄弟が集まろうなどという感傷的な集会に、父は少しもおぼれない。みんなが集まって待っていると「面倒くさくなったから、行かないぞ」と電話がかかってくる。私は、そういう父を見事だと思う。

ある時期には、ひどく反発し、いまでも反面教師としての父を認めないわけではないが、つまるところ、まれにみる徹底的な男だと父を誇りにするようになった。父は、愛知の農村から家出をして上京し、浅草で中華料理店を開いた頑固な働き者である。その店を持つまでの苦労が、父の人間観を形成したのだろう。

私が生まれてからも、何度か父は、大きな不幸に出会っている。その危機から立直る時の強さには、昭和生まれの私などには、およびもつかぬ迫力があった。明治二十四年生まれである。健在である。

私も父のように、存在そのもので子供を教育したいと思うのだがどうもことばが先に立ち「少しは勉強しろ」などと一向に迫力がない。


（一九七三年）

私たちを支えてくれている他者の姿

――橋口譲二写真集『職』

都会に住んでいると、時折自分が大地から切り離されているという感覚に襲われる。自然に手を触れることがない。

公園で樹の葉を一つ摘《つ》んで鼻に近づけると、そんな香りからも長いことへだてられていたことに気がつく。しゃがんで土に触れると、その感触で甦《よみがえ》るのは少年期、人によっては幼年期の記憶でしかなかったりする。それ以後の生活は、どこかリアルではなかったという感慨に捉《とら》われる。

そんな体験を拡大して、都会には「まともな人間の暮らし」はなく、田園こそ人の住むべき場所だと説く人も跡を絶たない。

人参《にんじん》を食べているが人参をつくったことはない。木綿《もめん》を着ているが綿花を摘んだことも紡《つむ》いだこともない。木造の家に住んでも材木一本けずったこともない。

そんなことは、近代の流通経済社会を生きる者にとっては（余程恵まれているか恵まれていない人間以外は）避けようもない現実なのだが、時として私たちがそれを罪のように感じるのも事実である。

生存の基本を支える衣食住の生産に、直接関わることの少ない生活。その日々を「これでいいのか」と不安に感じるのは、都会に生きる者の、ありふれた感情だといってもいい。

しかし、それを感傷的に肥大させ、自分は果して無人島に漂着して生き残れるだろうか、もはや生存のための基本の知恵や技術を失い、ジャングルで生き残るたくましさを失っているのではないか、と見当ちがいな自己否定に走るのは神経症とでもいう他はない。私たちの大半は、無人島に漂着する可能性もジャングルで一人生きなければならない機会もほとんどないのだから、私たちの生活は、そんな基準で計られるべきではない。

自給自足の能力を失ったからといってなんだというのか。人類は自給自足の貧困を克服して近代に至ったのではなかったのか。野外生活でナイフをうまく使えないこと、火を起こす能力に劣ることを恥じることはない。恥ずべきは、見えすいたコマーシャルの嘘《うそ》を見抜けずにいること、政治の不正への鈍感、うっかり実印を押してしまう人の善さなどなどであり、「アウトドア・ライフ」の上手下手などではない。

とはいえ、私にも自然への飢えはある。森林を歩くと癒《いや》されるような思いがこみあげる。しかし、それをすぐさま文明論に結びつけて、現在の生活を否定するようなことは出来ない。森の生活の方がいいようなことはとてもいえない。森の豊かさを否定はしないが、そこでの生活のマイナスを考えないわけにはいかない。同時に、都会の郊外で暮らす生活のマイナスも否定しないが、そのプラスも思わないわけにはいかない。

実際、森が豊かなように、私たちの日常も豊かなのである。狭い住居だが、その一室をのぞいてみても、近代が獲得した豊かさに満ちているといってもいい。

それは、たとえばスイッチをひねれば点《つ》く電灯である。私たちはほとんどいまその値打ちを考えることもないが、過去に私は、電球一個を手に入れるのが実に大変だった戦後を経験している。兵隊から帰って来た兄は、さしあたって職がなく、わが家の戸口に「切れた電球を再生します」と貼《は》り紙を出した。その方法や装置をどうやって手に入れたのかは知らないが、切れてしまった電球のフィラメントを、のぞくようにして注意深く振り、一瞬電流を走らせてくっつけてしまうというような商売だった。またその頃の電球は、よく切れたのである。その上停電が多かった。いまは事もなげにタイマーなどというものが使われるが、停電の多い時代だったら、ほとんど役に立たなかったろう。スイッチを入れると電灯が点くということが、どのくらい凄《すご》いことか、電球がなく、停電の多い生活が、どのくらい私たちに不自由を強いるかを私たちは忘れている。

そんな基本的なことを、いちいちありがたがってはいられないのも人情だが、いまでも電球の改良に自分の人生を使っている人はいるし、停電の少ない電気の供給に大半の人生を費やしている人々も少なくないのだ。そして、その人たちの意識の変化次第で、私たちの日常は、忽《たちま》ち荒廃することもないとはいえない。実際、たとえばホームで電車を待っていて、あまりに時間通りに遠くに電車を見ると、この正確さは只事《ただごと》ではない、毎日毎日この秩序を維持させているものは一体なんなのだろう、一種の退廃ではないだろうか、と小さく恐怖を感じることもあるのだが、たまに事故があって四、五十分不通だなどとなると、予定《スケジュール》の混乱はもとよりだが、やがて来た電車の込みようも只事ではなく、いくら割り込もうとしても壁のように人間が詰まっていてはじき出されてしまう。当然のようにくりかえされている都会の日常も、実のところいかにも脆《もろ》くて危うい。その脆くて危うい社会を、多くの人々の「生真面目《きまじめ》さ」が維持しているのである。その「生真面目さ」を支えているものはおそらく個人の意識が俄《にわ》かに左右出来るものではないだろうが、それだけに一瞬にして失われることもないとはいえない。

私たちは、森の豊かさ脆さに敏感であるべきなのと同じ程度に、いま手にしている近代の豊かさ脆さに意識的であるべきなのである。家に帰りスイッチを入れると電灯が点くことは、自然なことではない。それを維持しているのは、ほらほらこの人なのだ、と橋口さんは、その姿を目の前にさし出してくれた。

さし出されてみると、私たちの社会が、いかに自分の生活の大半を維持し左右している要素に目を向けていないかに気がつく。いかに「面白づく」の視点に支配されているかに気がつく。しかもその「面白さ」が、いかに硬直して狭く不自由なものになっているかに気がつく。

橋口さんの対象と向き合う姿勢は独特なものだ。それは、対象に近づき、皮膚のディテールまでむき出しにすれば実相が見えるというような客気とは無縁である。揶揄《やゆ》するようなところも少しもない。

対象から距離を置くが、批評的ではない。感傷もない。それでいて冷くない。時には、対象への敬意を感じる。

その姿勢は、ほとんど反時代的といってもいいだろうが、そのような目でしか捉えることの出来ない現代が見事に定着されている。

そして、添えられた一枚一枚についての文章も欠かせない。ここでも橋口さんは、写真だけに語らせるというような純粋志向を何気ない姿勢で脱している。文字で簡単に伝わるものは、文字に託せばいいという姿勢である。その文章も、自己表現の気配はまったくなく、聞き書きのメモといった趣《おもむ》きである。しかし、写真と共に訴えて来るものは、虚を衝《つ》かれる思いがするほど時に深く、多様である。写真から匂う風格、味わいと共に、いかにも大人の仕事である。

個を守り、他と深く関わりたくないというのが、いまの人の主流だが、そのようにして守る個のみすぼらしさに気がつき、他を求めはじめている時代でもある。連帯の相手などとはいわないが、私たちの日々を支えてくれている、決して無縁ではない「他者の姿」がここにある。こうした存在を意識化することは、私たちがよりリアルに生きるための一歩になるのではないだろうか？

（一九九六年）

車中のバナナ

初夏に伊豆に用事で出掛け、鈍行で帰って来たことがある。わざと鈍行を選んだ。帰ればまたあくせくしなければならず、三時間ばかりの電車の中だけ、のんびりしようと思ったのである。ところが案外その電車が込んで来て、立っている人はいないが、私の横も前も人が座った。

斜め前の席が四十代後半の男で、熱海で乗って来て、座るなり「ああまいった。今日はえらい目にあった」と誰にともなくいい、目を合せた私の横の娘さんが忽《たちま》ちつかまり、「いや今朝がた湯河原でね」とまいった話をはじめ、娘さんも結構聞いてあげている。

そのうち隣の（つまり私の前の席の）老人にも話しかけ、私にも「何処《どこ》までですか？」という。「川崎です」とこたえると「私も武蔵小杉に二年ばかり住んでたことがあってね」と話がつきない。いやらしくはない。気の好い人柄に見える。

ところがやがて、バナナをカバンからとり出し、お食べなさいよ、と一本ずつさし出したのである。娘さんも老人も受けとったが、私は断った。「遠慮することないじゃないの」という。

「遠慮じゃない。欲しくないから」

「まあ、ここへおくから、お食べなさいって」と窓際へ一本、バナナを置いた。

それからが大変である。食べはじめた老人に「おいしいでしょう?」という。「ええ」娘さんにもいう。「ええ」

「ほら、おいしいんだから、あんたも食べなさいって」と妙にしつこいのだ。暫《しばら》く雑談をしている。老人も娘さんも食べ終る。「どうして食べないのかなあ」とまた私にいう。

老人が私を非難しはじめる。「いただきなさいよ。旅は道連れというじゃないの。せっかくなごやかに話していたのに、あんたいけないよ」という。

たしかに大人気《おとなげ》ないのかもしれない。私の態度が悪い、という人も少なくないだろう。

しかし、見知らぬ人から食べものをすすめられて食べるという神経には、どこか他人というものをたかくくっているところがある、と思う。別にバナナに毒が入っているというのではない。無論そういう場合もないとはいえない。しかし、その時のバナナに毒が入っている可能性は少ないだろう。だから、毒の心配をしたのではないのだが、そんなに気軽に食べるものを貰《もら》っていいのだろうか、という思いが、どうしてもある。

よく知らない人の前でものを食べることがはずかしい、というような、四十男にあるまじき羞恥心もある。人のその種の好意はなるべく受けたくない（いってみれば恩を着たくない）というケチな偏屈もある。

だから貰って食べた人を非難する気はないが、忽ち「なごやかに」なれる人々がなんだか怖いのである。「同じ隣組じゃないの。我を張らないでさあ」などという戦争中の近所のおばさんの好意溢《あふ》るる圧力を思い出してしまうせいなのだろう。

（一九七七年）

赤いネオンの十字架

夜の盛り場にも灯《あか》りが届かない場所がある。路地とか裏通りとか、通行人があまり見上げない上の方とか、立看板の裏側とか、闇《やみ》は隙があればしのびこんで来て淋《さび》しくしてしまうので、電気はもっと輝かなければいけない、もっともっと、と子供の頃に思っていた。浅草の盛り場で生まれて育ったせいか、ふんだんに灯りのある街が好きで、その頂点はやはりラスベガスだろう。

あそこはもう昼間から太陽を遮断して人工の通りをつくり、朝を夕方にし、昼を夜にして、自然の夕方や夜など気がつきたくもないというように勝手放題。電気細工の雷雨もあれば虹《にじ》も出る。

それでも圧倒的な本当の夜が来てしまうと、街中がジージーと電気の唸《うな》りをあげて、闇に抗《あらが》う。アーケードの長い天井を使った灯りのショーなどは、見上げていると全身電気漬けになったようでくらくらし、ホテルの部屋に帰っても、安っぽくて馬鹿々々しい派手なデザインに飾られた電灯が寝室にもトイレにもちりばめられていて、うっかりドアのノブに触れるとビリビリして、ハハハハと呆《あき》れて笑いながら、子供の頃願っていたのは、こういう盛り場だったのだ、とその頃の自分を連れて来たかった、というような感慨があった。

しかし、行った時はもう大人になりすぎていて、体力も落ちていて、あの大騒ぎの電気の街に長くいるのは、耐えられなくなっていた。匆々《そうそう》に立ち去り、むしろ闇を求めた。

それでも私は、闇にムキになって立ち向う灯りが好きである。灯りが不足したホテルのロビーなどにいると、なんだか貧乏になったような淋しいような気持になってしまう。

そんなロビーがどこにあるのだ、と書いてから気がついて記憶をたどると、十数年前のソウルなのである。

節電のために天井の灯りを半減したロビーに入った時の感覚を憶《おぼ》えている。それは敗戦からいくらもたっていない日本に足を踏み入れたような、ギクリとするような感覚だった。

チェックインしながら、自分は怖がっているのだ、と気がついた。敗戦前後の、暗い（文字通り電力不足で暗い）日本が戻ってくるのが怖くて、必要以上に灯りを欲しがってしまうのだ、と。少年期に飢餓を体験しているので、どこかで食べものがなくなるのが怖くていまだに残せないように、灯りについても敗戦が尾をひいているのである。

したがって、灯りについては成り上がりである。明るけりゃいいというところがある。不足に敏感である。

ソウルの名誉のためにいえば、それからしばらくして行ったソウルは明るかった。見る見る経済がよくなっていくのが、どこを歩いても感じられた。日本は追い越されてしまうのではないか、という活気がみなぎっていた。それは、今年のはじめに行った時もそうで、高級ホテルのコーヒーショップが満員で、なかなか入れない。そんなことで韓国全体をはかるのは無茶だが、また別の時、二年前のソウルはちがっていたのである。その二年前の旅で見た灯りが、この文章の主眼なのだが、それはもう見た、というだけで、私を含む実在の人物たちの悲喜劇なのでまつわる話がほとんど書けない。それでまくらの話を長くして次第にその灯りに近づいているのだが、見たのはソウルからキョンジュ（慶州）に向う特急列車からであった。いや、正確にいえば、その灯りは前にもあちこちで見ているのである。しかし、その列車からの印象が強くて、他の場所のそれはがたりと明度が落ちてしまっている。

アジア不況が韓国にも及んで、国際通貨基金（ＩＭＦ）からの借入れがはじまった頃で、ソウルのあちこちでＩＭＦという略字が目についた。ハングルの中にその三文字だけがアルファベットなので、ハングルを読めない旅行者はそればかりに目が行ってしまう。「節約してIMF時代をのり切ろう」とか「IMFセール」とか、そういうことのようだった。

特急列車もたぶんその影響下にいて、途中の停車駅を発車しはじめると、ホームの灯りが次々と消されて行くのを見たりした。まだ最終というような時間ではない。やっと、すっかり夜になったという頃である。

沿線がとても暗い。いくつかの街は別だが、あとは人家があっても、灯りが少ないように思えた。線路に近い道路も、車のライトで道だと分るというように、外灯が少ない。そんな闇の多い外を見ながら列車に揺られていると、やや遠い闇の中に赤いネオンの十字架が浮んだのである。

韓国の教会は、どういう訳か、どこでも屋根に赤いネオンの十字架をかかげるようなのだが、その列車から見た赤いネオンは忘れられない。他になにもない。闇である。そして、ぽっと赤いネオンの十字架なのである。信仰はないのに、列車がいま停《とま》ってくれたら、とびおりてかけつけて、ひれ伏したいような衝動にかられた。うまいプロパガンダだなあ、と一方で思いながら、すがるようにその赤い十字架を見続けたのを忘れられない。

（二〇〇〇年）

柯橋鎮

一年余り前、私は紹興《しょうこう》を訪ねた。紹興酒の紹興である。中国である。六十キロほど離れた杭州からの日帰りの旅であった。

むろん紹興酒をのんだ。それについて書き出すと話が他所《よそ》へ行ってしまうので、なにを食べたかという話と共に割愛するが、掃除の行き届いた綺麗《きれい》な町を歩いて、秋瑾《しゅうきん》の故居《こきょ》、魯迅《ろじん》の故居、加えて三味書屋《さんみしょおく》、魯迅紀念館を歩くと、もうそれだけで冬の日は傾いてしまった。最後に古い街を見せてくれるという。

見せてくれるのは杭州の映画人で、貰《もら》うのは日本の映画監督篠田正浩さん、小栗康平さん、作曲家池辺晋一郎さんと私である。

そもそも紹興は運河の町で、車で走っていると平行して小舟が行く。小さな橋を渡ると、その下も左右に運河が光り、棹《さお》さす人が艫《とも》に立つ小舟が流れて行く。

落日に追われるように訪ねた古い町並の柯橋鎮《かきょうちん》も、石の橋が運河をまたぎ、渡ると下を舟が行き、岸壁には間口の狭い商店が櫛比《しっぴ》して、買い物する人、物を運ぶ人、走る子ども、七輪を出して餅《もち》のようなものを焼く人、籠に詰めた鶏を運ぶ人、立ち話をする老人、それらの全てが夕刻の朱色を帯びた靄《もや》の中にあり、私は夢を見ているような思いがした。胸のあたりから湧《わ》き出るようにやすらぎが四肢の先まで行き渡り、卒然として自分が日々暮らしている日本の町ではこのように深く癒《いや》されていないことを知った。

ひとつにはたっぷりとした運河の水、ひとつには町の古さが人を慰めるのだろう。屋《や》根瓦《ねがわら》の重なりのやや波打つさま、軒の傾き具合、おそらくは清朝のいつの頃かに建てられたのではあるまいか？

それから、下町であること、人の多さ、名所旧蹟《きゅうせき》ではないこと、夕方というようなこともあったかもしれない。しかし私にはなによりも、古い町の持つ汚れ、崩れ、ともりはじめた灯火の少なさが、よかった。

決して物が散らかっているというようなことはない。むしろ人の多さに比べて、掃除は驚くほど行き届いている。しかし、歳月の刻んだ汚れ、崩れは古家の壁にも窓にもあって、歩く石の道もまるく踏みこまれて鋭いところがない。裏通りに入ると、もう闇《やみ》が立ちこめはじめていて、灯《あか》りのついた窓が遠目にもあたたかく、近づいてそれとなく目を向けると、裸電球ひとつ椅子《いす》ひとつの理髪店で、少年が老人に髪を刈られている。いい詩でも読んでいるように、満たされた気持で歩いた。

日本では、とりわけ東京周辺では、とてもこのような古家の町を取り壊さずにいることは出来ない。道路を修復せずにいることも出来ない。裏通りとはいえ、理髪店のあるような道を窓の灯りだけにとどめておくことも出来ない。新建材の家が建ち並び、アスファルトの道路に蛍光灯の街灯は避けようもない。

それがなにが悪い、という人もいるだろう。古家はいずれ不便である。取り壊して新築し道路をアスファルトにして街灯を立てることは柯橋鎮の大半の住人の願いかもしれない。私だって、そんなにいいなら住んでみろといわれたら、二の足を踏むだろう。

だから、旅行者の感傷という他はないのだが胸につまった感動のようなものを俄《にわ》かには片付けられずに、杭州へ帰るマイクロバスに乗った。幹線道路沿いにある食堂の女性が、どういう訳かどの店も二人ずつ表に出て客を呼んでいる。

人はともかく、と私は思った。私はどうやら自分の心の汚れ、心の闇に見合った町を持っていなかったのだ、と。自分の内部の汚れ、崩れ、過去、闇に比べて、日本の街は綺麗になりすぎて、明るくなりすぎて、気がつかなかったが居心地が悪かったのだ。東京の町を歩いても、通り一遍以上に慰められることがなかったのは、そのせいなのだ。私の心の闇は、柯橋鎮ぐらいなのだ。

すると黙りがちの日本人四人に、紹興はどうだったかと杭州の人が尋ねている。「よかったですとも」とこたえようとしてバスの後方を振りかえると、私より早く小栗さんが「柯橋鎮がよかったァ」と大声を出した。続いて篠田さんも池辺さんも「柯橋鎮がよかったァ」と叫ぶのである。私も叫んだが、私の声が一番小さいくらいである。

ははァ、してみるとみんな、東京の新建築、明るさでは慰められない闇を、きっと私以上に持っているのだなと、それぞれの闇と汚れと崩れについていろいろに想像をめぐらしながら、なおバスに揺られ続けたのであった。

（一九九三年）

味気ない反復の呪縛

化粧品のポスターで、キリリと美しい水着姿を見せたモデルが、テレビの「11PM」かなにかに出て来てインタビューに答えたりすると、それほど綺麗《きれい》でもなく品格もなく、軽く失望を覚えたりすることがあるけれど、それでも人並み以上には綺麗だからと、ドラマのある役にどうだろうと、プロデューサーと一緒に逢《あ》ってみると更に落ちる感じで、それは当のモデルも感じていて「とても私なんかあんなには」と他ならぬ自分のポスターに劣等感を抱いていることを口にしたりする。

いってみればこの世のものではない美しさがポスターになっているわけで、それがまた次々と新しいモデルによって量産され、街に氾濫《はんらん》しているのである。氾濫すれば人々が影響を受けないはずはなく、出来たらポスターの美に近づきたいものだと多くの娘が願い、青年たちもなんだかんだいっても、ポスターに近い女性を美しいと感じてしまうのである。

ところがそれらのポスターの制作者の抱く美の基準は、相当に画一的で、たとえば毎夏の航空会社の水着ポスター、季節ごとの化粧品各社のポスターを見比べるだけでも、嫌《いや》になるほど似かよっているのである。それは必ずしも制作者の才能や勇気のなさのせいではなく、ポスターを見る人々の保守性もぬきがたくて、たまに基準を変えた美女をポスターにしても、なかなか受けないというような事情があるはずであるが、ともあれなにかしら美女のポスターはリフレインめいて来ている。目先は多少変わっても、本質的にはくりかえしというような印象になっている。

セックスについての幻想もまた一種のリフレイン地獄の中にいる。駅で買う夕刊のセックス小説は、毎日同じように見える。実際には手を替え品を替えているのだが、いずれも読むものには一種のリフレインというように感じられてしまう。SM小説もレイプ小説も人妻体験記もセックス・ルポもあきらかに手詰まりで、ストリップ劇場のプランナーが、もうやることがないと嘆くのと同じように、新しいものはなにもなく、辛《かろ》うじてもっともくりかえしに耐えるセックス幻想であるがゆえに通用しているところがある。

で、読むものは、実際には一向にたいしたこともしていないのに、なにか放蕩《ほうとう》のかぎりをつくしたあとの気だるさのようなものを身につけ、セックスの解放などにユートピアを感じられなくなり、そんなものは獲得してみれば味気ない反復にすぎないという気分になる。

これらは、ほんの二つの例であり、私たちの生活をとりかこみ、私たちの感覚や気分を醸成しているフィクションは、今や人生のあらゆるものにわたっていて、その靄《もや》で現実は見えにくくなり、欲望も気分も現実に即すよりはフィクションに導かれて生まれることが多く、したがってその欲望が充足されても必ずしも人々は幸福ではない。

一戸建ての家、いい大学、いい会社、本物志向、男が目の色を変えるはずのスリムな肉体、原始生活、女性の経済的自立、個の発展、ポルノ解禁、趣味の生活——数えたてればキリがないが、マス・メディアがふりまくそれらの「幸福」は、たしかにかつて活力のある夢であった時期がひとつひとつあったように思える。

しかし、今はどうだろうか？　私には内容のないリフレインと化しているものが多いように感じられる。私たちが本当に求めているものは、それらのものではないというように感じられる。実現しても人々を幸福にはしない夢のように感じられる。私がどう感じようとどうということもないが、現実にそれらの夢を実現した人々が、日本人の平均的願望を満たしたという喜びはともかく、実質では以前より多くの抑圧をかかえこんでしまっているということはないだろうか？

どこかで、それらの夢が自分を幸福にしないと感じながら、その夢を捨てられないというところがないだろうか？

たとえばそれは出身校で人間を判断することのナンセンスを経験的に十分承知して

いながら、目の前に東大出身者と私立出身者が現れると、どうしても東大出身者の方がましに思えてしまうというような事情と似ていて、現在の収入で一戸建てを獲得するのは、遠距離通勤、過重なローン、買い物の不便など、マイナスの要素が大きいと判断しながら、それでもなお一度は一戸建てを手に入れたいと願ってしまうというように、「夢」が機能しているところはないだろうか？

私たちの本当の欲求は別のところにある。本当の夢は別のところにあると感じながら、マス・メディアの送り手も受け手も、従来通りの夢を投げ出すことが出来ず、両側からささえ合って、その呪縛《じゅばく》から逃がれることが出来ずにいるというようなことはないだろうか？

そしてそれは、あまり遠距離の一戸建てしか買えない人は、ほどほどの中古マンションを狙《ねら》った方がいい、というような修正によって人々の現実に近づくことが出来るというようなものではなく、いってみれば新しい哲学を必要としているというように思えてしまうのである。

主人に気に入られることを競っていた召し使いたちが、「平等」という哲学の登場によって、自分たちの真の欲求は、気に入られ可愛《かわい》がられることではなく、主人と対等の人格であることを自他ともに確認することであったと気がつくといった具合に、私たちも、自分の真の欲求に気がつくためには、新しい哲学を必要としているということはないだろうか？

多くの人々が、偽《にせ》の夢を否応《いやおう》なく追わされているという思いが深い。受験戦争などというものも、一つの偽の夢の結果であり「個の確立」「女性の経済的自立」「ポルノ解禁」などというものも、どこかで真の現実から剝離《はくり》しているところがあるように感じる。

しかし、それらの夢から、私たちもマス・メディアも自由になれず、その底流で「現実」は自身を正確にとらえる哲学を待っている、というように思うのは、新味を出せないテレビライターの妄想であろうか？

（一九八三年）

II

組織の中で働くということ

私は組織に属していません。また強固で大きな組織に属したこともない。ですから組織内部の矛盾や機微について、きいた風なことをいう資格はありません。ただ、外側から組織に属する人を見た時の印象なり感想なりなら、多少なにか申し上げられるのではないかということでお話しいたします。

昔話を一つしますと小学生の頃、米の買い出しというものにまいりました。小学校五年で終戦でしたので、その五年か六年生頃だったでしょうか。母の実家のある栃木に行き、姉と二人でリュックサックに入れた米をかついで神奈川県の西のはずれの疎開先まで帰って来るのです。無論そんな長距離を度々往復したわけではなく、盆なり正月なりが近いという時に何度か出掛けたのでした。普段は豆入りのお粥《かゆ》とか薩摩芋《さつまいも》を食べていましたからそうやって持って帰った白米は本当に御馳走《ごちそう》で、白菜のおしんこをのせただけの白菜丼《どんぶり》でも「うまいなあ」と食べ終るのが惜《お》しかったものです。

ところがそれはつまり「闇米《やみごめ》」で、途中で取締りにひっかかると全部没収されてしまいました。駅の手前で列車が停《とま》り、満員の通路からわずかに外をのぞくと、線路の脇《わき》に警官がずらりと並んでいた時の絶望感。車輌《しやりよう》の両側から取締官が片端から荷物を調べはじめた時の胸の動悸《どうき》。「この中はなに？」と聞かれて「お米です」という時の無念さ、声の震えまで思い出します。

その時も小山駅で全員ホームにおろされて片端から調べられはじめました。金ボタンが縦二列についた学生用のオーバーを着ていましたから冬です。姉と二人で連絡階段に近い場所で泣きたいような思いで順番の来るのを待っていると、傍《そば》の警官が小声で「逃げろ」というのです。

「え？」

「来い」といきなりその警官は私の腕を摑《つか》んで階段を駆《か》け上りはじめました。姉も追いかけて上って来る。連絡通路に上ると「いったん外へ逃げろ」そういってその中年の警官はすぐまた階段を駆けおりて行ってしまいました。私と姉は夢中で駆け出し、小山駅の改札をとび出しました。

記憶に間違いがなければ、つかまった人達は駅で米を没収されるのではなく、駅の外のどこかへ連れて行かれて米をとられ、空袋を提げて駅へ戻ってくるというようなことだったと思います。前後を警官がついてゾロゾロと没収されに行く人々を、物蔭から姉と二人で見ていたような憶《おぼ》えがあります。これは、いってみれば私の原体験の一つです。

警官がそんな規律破りをすることがショックでした。「へえ、警官がこんなことをするのかあ」と何度もいい、複雑な気持でした。当時の私は、規律を破ることに臆病な優等生でしたので、警官のしてくれたことが嬉《うれ》しくてたまらない反面、意外性も強く印象は強烈でした。

すぐさまそれを普遍化するような知恵はありませんでしたが、仕事なり組織なり法律なりに関わる時、多少ともそこからはみ出さない奴は駄目だ、というように思いはじめた根には、その体験があります。

とにかく、はみ出さない人間は駄目だ、と思う。守るばかりの人間は希望がない、というように思ってしまいます。組織の中の人と逢《あ》う時、この人ははみ出す人かそうではないか、ということがすぐ頭に浮かびます。といって勇ましくはみ出してくれといっているのではない。鶴見俊輔さんがある対談で、こんなことをいわれているのを読んだことがあります。

「戦争中に、万年二等兵でいる三十歳ぐらいの兵隊がいて、そういうのは先に立って人をなぐったりしないんですよ（略）あとで、あんな子供ももったことのない連中が、人をなぐってたまるかなんて、かげでぼそぼそ言うわけです。私は反戦論者だったから、一人で孤立していて、こわくてたまらない。そういうとき、こういう人たちのあいまいな感情が安らぎの場だったわけだ」

私はこの「あいまいな」というところに、心をそそられました。本当に曖昧《あいまい》でいいと思う。めざましくはみ出したり決死の覚悟ではみ出したりする人をおとしめるつもりはありませんが、そういう人を評価しすぎるのもどうかと思います。そういう人だけでは、実はなにも出来ないのではないかという気がします。「曖昧な人」が沢山必要だと思う。

小学生の私を逃がしてくれた警官は考えれば曖昧どころではないかもしれない。しかし、それを見ていた警官は、どうでしょうか。沢山の警官がいたのですから一人も見ていないはずはない。見ていて「曖昧」に黙認した警官がいただろうと思うのです。そういう「曖昧なハミ出し人間」が組織にふえることが、私のように外側にいる人間にとっては救いです。そういう人間になんの力がある？　という反論を承知の上でやはり救いです。

（一九七七年）

底流にあるもの

会社員が五、六人集まる。自主的に集まったわけではない。社の人選で仕事のためにチームを組んだのである。

ひとつの仕事をはじめる。

そのとき、彼らがお互いに抱き合う感情は、まあ通常友情ではない。敬意でもない。共同意識でもない。それらの要素がないとはいわないが、ひきはなして比重を占めるのは、お互いへの軽侮の感情である。

軽蔑《けいべつ》といっては語感が強い。メンバーの、自分以外への軽いあなどり、軽いたかくくり。それがメンバー相互に、ほぼバランスよくゆきわたったとき、チームの感情面はいちばん安定する。

それは競争意識とか男の闘争本能というような激しさをもたない。おそらくそうしたものに根をもつのだろうが、露骨な競争意識は仕事にとってさまたげになる。能率的ではない。そんな常識が、ほとんど無意識の抑制として働くのかもしれない。ソフイスティケイテッドされた闘争本能といった印象で、軽侮の感情がゆきわたる。仕事をしながら、私はふとそれを感じる。仲間を見る。チームは協調的であり、仕事は順調である。長い打ち合わせを終えたときなど、仲間を結びつけているのは友情ではないかと錯覚することも可能である。

しかし、軽侮なのだ。

バランスのよき互いへの軽侮の感情が、仕事をうまくはこんでいるのである。みんなの気持を安定させているのである。

とまあ独断的確信的に書き流したが、事はそれほど簡単ではない。

まずそうしたお互いへの軽侮の底流にそれぞれが自分に対する軽侮を抱いている。いや、もろもろの軽侮の出発点は、自己軽蔑かもしれないのである。

自分に誇りを抱けない。したがって、その自分がたずさわっている仕事にも誇りを抱ききれない。さらにしたがって、同じ仕事にたずさわり、似たような努力をしている仲間にも誇りをもてない。

だからといって、ご承知のようにだれもがオドオドしているわけではない。むしろ表われ方としては、逆の場合の方が多い。だれしも「ひるみ」はかくしたい。で、かえって人々は自信ありげである。なかば自己催眠的に誇りを抱いていると公言する人もいる。しかし、その多くの人々の底流にも自己軽侮がある。

もっとも、そんな意識にまともにつき合うことは非能率的である。自己軽蔑からも、他人への軽侮からも何も生まれない。意気沮喪《そそう》を導くような想念は警戒すべきだし、よしまともに向き合ってそれを克服しようとしても、「さしあたってどうしようもない」ではないか。せいぜい理屈でねじ伏せてみたり、酒をのみすぎたりするのがオチである。にわかな解決法はない。

たとえば脱サラなどという。そんなことで誇りが回復できるなら苦労はしない。脱サラ族といえども自分が自分の主人であるわけではない。むしろ四六時中仕事が主人になって、会社員でいたときより、自己を見失うかもしれないのだ。「大人になろうじゃないか」と思う。これほど仕事に熱中している自分が、仕事に誇りをもっていないということがあるだろうか。これほど仕事で成績をあげ、バーへ行っても仕事の話ばかりをしている自分が、職業人としての自分に誇りをもてないでいることがあるだろうか？

しかし、やはり底流に自己軽蔑がある。

会社員のこととして話をはじめたが、会社員に限らない。私はかつて会社員であった。いまはそうではない。しかし事情は一向に変わらない。

いや、いままで書いたことは、すべて他人《ひと》のことではない。私のことである。マクベス夫人の手から、洗っても洗っても血が落ちないように、振りはらおうと、ひきはがそうと、自己軽蔑という気分の始末がつけられないのだ。

そうかといって、人が自分を軽蔑するのは気にいらない。お前に軽蔑されなくたって、自分の軽蔑すべき部分は承知しているんだ、という思いがある。俺《おれ》の基準でいえば、俺よりもお前の方が軽蔑すべき存在なのだ、というように思う。

しかしまあ、あいつにも多少俺を軽蔑させてやらないと、つき合いがなめらかにいかない。そうだな、多少、女にかけては、俺より器用だなんぞということぐらいは、自慢にさせといてやろうか、などと自他の軽蔑量のバランスをとったりするのである。

まったくもって、男子ひとたび家を出ずれば、社会生活の気分感情の総量の中で、軽侮軽蔑の占める量のいかに多きか。管理社会が、これほど充満した軽侮軽蔑のエネルギーに無関心であっていいはずがない。個々には何ものもついにはもたらさないかもしれぬ軽侮の感情も、操作し、管理し、利用することで、積極的なエネルギーに変わらぬという保証はないのである。

それにしても、なぜこれほど軽侮がこの世を満たしているのか?

いや、こうした断定に反感を抱く人もいるだろう。自分は仕事仲間に敬意と友情と親愛を抱くという人がいても不思議はない。何事にも例外はある。しかし、あくまで例外である。なかば皮肉、なかば本気で、私はそうした人々を幸福な少数であると思う。

われわれの多くの感受性は、他人への敬意からは偽善を、友情からはホモを、親愛からは利害を連想するというようなぐあいに、すれっからしている。そして、激しさも熱もない自他に対する軽蔑的気分が、仕事中にも酒をのみながらも、底流に澱《よど》んで動かずにいる。

なぜなのだろう？

時折私は、私を含めて人々は、深々とすべてを諦《あきら》めているのではないか、と思うことがある。軽蔑のさらに底流に、根深い諦めがあるのではないか。なにかしら強力な力が自分たちの運命を左右していて、自分たちとしては、なにをなすすべもない、という思いが深々と人の心を満たしているのではないか、と思う。

なにをしても、たかが知れている。結局は自分の運命を自分でめざましく飛躍させることはできない。自分の未来図の見当はついている。そうした思いを抱く人々同士が、お互いに対して、あるいは自分に対して抱く感情が軽侮なのではないか。

それは、ワンマン社長の下で働く者同士が社長の意志に翻弄《ほんろう》されて、しかも辞職の決心も、抵抗する決心もつかないことで生まれる自他に対する軽侮のこころとかりになぞらえてもいいだろう。あるいは、独裁者のもとで、不正を知りながら屈従している中世の知識人になぞらえてもいいかもしれない。

しかし、私たちの生きている世界では、右のふたつの例のように、私たちを無力感におとしいれている「強力な力」の姿が明確ではない。

かりに政治家や財閥が諸悪の根源と考えたとしても、ではそれに代わりうるものの出現がいまの諸悪を解決するとは思えない。結局どっちにしても、たいした変化はなかろう、という思いが、私たちを支配している。なるようにしかならないだろう、という思いが、私たちのもろもろの想念の底に居すわっている。

一年ほど前のことだ。

五歳の娘を連れて、神楽坂から新宿へタクシーに乗ったことがあった。新宿へ入って、運転手が舌打ちをした。

「駄目だ、はいれねえや。こっちから先は天国だ」

日曜で、伊勢丹の前の通りは、いわゆる「歩行者天国」だったのである。手前でおりた。

「パパ、これ、天国?」

娘が馬鹿にしたような声を出して、人ごみを眺めた。もちろん私は笑って、いわゆる「天国」と目前の天国との相違を説明したが、案外私たちが抱きうる天国のイメージは、目の前の雑踏と大差はないのかもしれないという思いが、澱むように胃のあたりを満たしたことであった。

どうせ天国といったって、理想社会といったって、たかが知れているという思いがある。私たちは、なんと深々と諦めていることだろう。

たとえば、第二次大戦中のフランスのレジスタンスについて考えてみる。あれは結局、戦況になんの影響もあたえなかったということが通説のようである。じっとしていればいいものを、なまじ精神的個人的な満足のために抵抗して無用な犠牲をふやしたのだ、という人もいる。

しかし、ここに昭和二十年にサルトルが書いた有名な「占領下のパリ」という文章がある。

サルトルによれば、占領下のパリで、市民の現在の生活はドイツ兵によって左右され、未来の運命は、連合軍とドイツ軍との戦いの結果によって左右されていた。自分の生活、自分の運命にもかかわらず、自分たちはなにをなすすべもなく、すべては他人まかせで「生きのびている」しかなかったというのである。計画も企図ももつことができなかった。こうした状態が「あまりにも耐えがたかったので、多くのものが未来の回復を求めて」、それが個人的解決であり、戦況になんの力を加えることがなくても、「レジスタンスに身を投じた」のである。

いわば象徴行為であった。これは、ひところの学生運動が敗北を承知で過激化し「象徴行為」と評された事情と類似している。

しかし、いま私たちがおかれている状況は、やはり「占領下のパリ」ではない。私たちの現在や未来を左右するのはドイツ兵でも連合軍でもなく、曖昧《あいまい》でとらえにくいなにものかである。それは、だれかれのエゴイズムだったり、文明だったり進歩だったり、おのれ自身のたかくくりだったりして、そのすべての要素に身構え、立ち向かうことは人間の力を超えている。少なくとも、そういう気分が、私たちを侵している。

アメリカの科学者がやってきて、日本は近い将来、過密で滅亡するかもしれないと警告する。新聞に大きく出る。

そうかもしれないなあ、と思う。それほど突飛な意見ではないかもしれない、と思う。いまのまま日本が「進んで」いけば、滅亡だってないとはいえないなあ、と頭の隅でチラチラと思うのである。しかし、だからといって、どうしたらいいのだろう。ワイワイ騒いで十年先の心配をしてみても、明日自動車事故で死んでしまうかもしれないのである。これも別に大げさな予想ではないのだ。

三度の飯を食べるとき、調味料も魚も肉もパンも野菜も有毒かもしれない、とチラチラと思う。でも、まあいいや、どうせそれほど楽しい人生でもないのだ。いちいち目の色を変えてみても、黙って食って緩慢な自殺に身をゆだねても、たいした差はないのではないか、と思う。赤いトマトを食べるたび、漂白パンを食べるたび、少しずつ死んでいくような気分が、一心の底に沈澱してたまってゆくのである。

学生はともかく、大人を「象徴行為」的な抵抗にかりたてるほど、あからさまな悪が、たち現われるわけでもない。しかし、悪は拡散して、社会の隅々《すみずみ》までをジワジワと侵している。未来は、なるようにしかならないだろう、という思いが、瀰漫《びまん》する。いかに仕事に熱中していようと、酒をのみ放談しようと、その底流に諦めがある。未来を自分で企図できないものの人格の崩れがある。それが自己軽蔑を生み、おのれに似たものへの軽侮を生んでいく。

かくして、お互いを軽侮することによって私たちは結びつき、軽侮によって心を安定させる。

煙草《たばこ》のけむりのたちこめたビルの一室で、ひと仕事終えた仲間がお互い軽侮によってつながっているのだと思うことは、物悲しいひとときである。私の胃のぐあいが悪いせいでの妄想と思いたい。みんな、敬意と友情と親愛で結びついていると思いたい。すると、そう思うことも可能なような気がしてくる程度に、私たちは偽善的になっており、本質的なものに対して無関心になっている。

（一九七四年）

差入れ屋さんの思い出

もう三十年以上昔のことなので、なにもかもぼやけてしまっているのだが、「差入《さしい》れ屋さん」の厄介になったことがある。

バスで池袋のあたりを走っていて、「差入れ」という看板を見たのである。勤めていた映画会社を辞めてテレビドラマの脚本を書いていた。三十代に入ったばかりの頃であった。妻と二人の娘がいて、月給がなくなってしまったのだから稼がなければならない、という衝迫がいくら呑気《のんき》にしている時でも気持の底にあって、その看板を見た時「これはきっとメシの種になる」と思ったのである。

フィクションを書いていると、「種切れ」の恐怖というものがある。なにも書くことがなくなってしまうのではないかという不安である。事実大きな仕事が終った時など頭がからっぽになっていて、次のドラマのスタッフから「どんなストーリーですか?」などと聞かれてもなにも浮ばず「こみ入った話を考えているので二、三日待って下さい」などとごまかし、二、三日たってなんとかしぼり出した話をすると「どこがこみ入ってるんですか？」などといわれてしまったりしたのである。

無論「書くことはいくらでもある。百年あっても書ききれない」などという作家もいるから、これはもう単に私が凡才であることの告白でしかないが、それにしても三十代のはじめに早くもそんな不安を抱いていたとは、われながら情けない。

「差入れ」といえば、未決囚に外からなにかを届けることだろう。それに関する店があるということも、私は知らなかった。しかし、あの看板は、どう考えたって店である。どういう店か知らないが、きっと訪ねる価値がある。未決にもドラマはあり、拘置に至るあれこれにも無論ドラマがあり、差入れに来る人々にもドラマがあるに決まっている。その上「差入れ屋さん」自体にだって、ドラマがあるにちがいない。見かけたあの店にドラマがなくても、こっちはノンフィクションじゃないのだから、どのようにだってドラマはつくれる。拘置所に勤める人たちとの交流があったって不思議はないし、「差入れ屋」を舞台にして、半年の連続ドラマだって可能ではないか。ちらりと見た看板で、こういうドラマ、ああいうドラマと、その時ほどあれこれ喚起されたことはなかったと思う。

別の日、メモしておいたバス停で降り、看板を捜《さが》しながら歩いた。菓子の包みを提げていた。これはその頃の私の取材の伴侶《はんりょ》であった。値段の記憶がないが、いまの感覚だと千五百円ぐらいの箱入りである。テレビ局のプロデューサーと一緒なら、たとえば「ＮＨＫですが」ということで受け入れて貰《もら》える取材も、名刺に肩書きもなく「えー、すみません。テレビのドラマを書けないかなあと思っているライターなのですが」などとはっきりしないことをいう若僧では、ニべもないという思いを何度もしていた。で、はじめに菓子包みをさし出す。千円だと普通だが、千五百円だと少し持ち重りがする。二千円だと大きすぎて警戒されてしまう。

その店は、傾きかけた古い雑貨屋のような印象だった。しかし、戸をあけると、品物は驚くほど豊富で、和菓子屋などにあるようなガラス・ケースが並び、その中も後ろの棚も、日用品や衣類や食べ物が溢《あふ》れるように置かれ、ケースの上がカウンターにもなっていて、来た客は書類に必要事項を書き込んだりするのだった。その書き込むスペースの両側にも、こぼれ落ちそうに品物が積まれていた。やはり拘置所への差入れを仲介する店なのである。差入れというものは、どこで買った物でもいいわけではなく、その店のようなところで買うのだということも、はじめて知った。弁当も松竹梅があって、店が用意する。そうでないと、いちいち拘置所の職員が弁当をあけて、中に禁止品が入っていないかどうか調べなければならない。

「信用でうちは成り立っているんだから」というようなことを五十代ぐらいの奥さんが説明して下さった。

つまり私の取材は受け入れられたのだが、すぐにではなかった。はじめは「とんでもない」というような感じだった。「信用」を考えれば当然のことである。得体の知れない人間には、なにより用心しなければならない。諦《あきら》めかけて帰ろうとする私を「ちょっと」と御主人が呼び止めた。話し相手は出来ないが、そういうことなら暫《しばら》く店の端で見ていなさい、といってくれた。丸椅子《まるいす》を夫人が出してくれた。

チンピラのような若い男が二人来て、朝食の差入れに牛乳をつけるかどうかで、じれったいくらい揉《も》めていたのを思い出す。「出て来て兄貴は、ずーっといいやがるからなあ」と、結局ゆで卵と牛乳つきの差入れであった。

品のいい五十代の女性が、息子のために手続きをしている横顔も思い出す。あとで聞くと、息子は「おそらく死刑だろう」ということであった。

三時間あまり、店の隅《すみ》で私は身を縮めて、なるべく目立たないように、客のひとりのような顔をして、うつむきがちに座らせて貰っていた。内心は、高揚していた。申《もう》し訳《わ》けないが面白かった。一人の未決囚が出ることで、どれだけ打ちのめされる家族がいるか。それにも無論胸打たれたが、そういう人ばかりではなかった。明るく大笑いをしながら未決囚の男をなつかしみ、楽しんでいるように品物を選び、しかし、結論としては厄介払いをしてせいせいしているんだから、どうか出て来ないで欲しいという話を御主人にして、元気に帰って行く女もいた。

夕方になって客が絶えた。

礼をいって「失礼します」と頭を下げると、「まあ、ちょっとお茶でものんでいらっしゃい」と御夫妻でいってくれた。

奥の居間へ通されて、驚いた。

表の「傾きかけた古い雑貨屋」という印象とは、がらりと変って、シャンデリアのある真新しいリビングルームだった。

「まあ、いってみれば、ひとさまの不幸で食べさせて貰っているところがあるのでね、表まわりの派手な改装は遠慮しているんですよ」ということであった。温厚な、親切な御夫妻だった。これは、いいドラマが書けると闘志が湧《わ》いて、指先まで血液が走り回っている気持だった。

しかし、どこのテレビ局も、この企画に興味を持たず、漸《ようや》く福岡のＲＫＢが四十五分ほどのドラマとして書かせてくれた。店の主人は渥美清さんであった。その時は改めて福岡の差入れ屋さんを訪ね、その上拘置所にも取材に行けた。しかし、四十五分じゃあこんな深いドラマがいくらでもある世界は描ききれないよ、といまもなんとなく無念な思いがある。

（二〇〇一年）

田舎町のポルノ

この夏（一九七九年）、Fというアメリカ西部の田舎町に三泊した。人口十七万で、町の周囲は葡萄畑《ぶどうばたけ》がどこまでも続く。清潔で静かな町だが、あちこちで空家が目についた。若い人たちが都会へ出て行ってしまうのだ、とも聞いた。淋《さび》しい町である。

とりわけ夜になると、ぱたりと人影が絶える。旅行者がホテルの外へ出ても、八時すぎから深夜のようである。車の通りも少ない。時折ゆっくりパトカーが過ぎて行く。何処《どこ》へも行き場所がない思いで、ホテルのバーで仕方なくバーボンをのむ。同行、男ばかりの三人である。

「映画を見に行ったらどうか？」とバーテンがいった。すぐそこにある、という。なにをやっているかというとポルノである。日本人がその種のものを見たがることを知っている。しかし、アメリカ旅行が半月余り続いているので、もう珍らしくない。

「どうする？」「そうねえ」

しかしまあ日本へ帰れば見られないのだから見ておこうか、ということになり出掛けた。

なかなか立派な映画館だが、ガラガラである。私たちが、ほぼ中央に座る。前の方に、二人連れが一組いる。左後方の隅《すみ》に四、五人のメキシコ人の青年がかたまっている。彼らは映画を見に来たのか、しゃべりに来たのか分らない。絶えず誰かがしゃべり、笑い声をたてている。笑い声は映画の進行とは無縁である。喫茶店がわりなのかもしれない。彼らも行き場所がなく唯《ただ》一軒客を迎えている映画館に、寝惜しくて集ったというところなのだろう。

客はもう一人いて、右前方の隅に小さな頭が見える。律義《りちぎ》に髪を刈りこんだ老人の後頭部である。白人ではない。インディアンだといえばそのようにも思えるが、それにしては少し線が弱いという気がする。中国人か日本人という印象である。日本人であっても不思議はない。この町の周辺には七千人もの日系アメリカ人が住んでいるのである。

映画は、どうしてこうどれを見ても同じなのだろうと思うほど工夫がない。登場人物が男女何人か出つくすと、ああこの男女の組合せが入れ替ってセックスするのだな、と見当がついてしまう。事実その通りなのである。役者を何人もやとうと金がかかるから、たとえば四人の男女を入れ替え、それに女と女が加わって五パターンを見せ、最後に四人一緒になって終りというようなことになる。だから二十分も見ていると倦《あ》きて来る。そんなものを見ている自分が情けないような気がしてくる。で、「出ようか?」「出よう」と腰をあげた。出がけにふとふりかえると、老人がいなくなっている。出て行ったのに気がつかなかった。「面白くない」「倦きた」などといいながら、画面に気をとられていた時があったのである。

外へ出ると広い道路の反対側で一人で車を押している男がいる。白人である。われわれを見ると顔をあげて「すまんが押してくれないか」というようなことをいった。日本ではこの頃見ない風景である。

「オーケー」ばらばらと三人でその車にとりついた。ほこりをかぶった大型車である。男は車に乗ってエンジンをかけようとする。赤毛で赤ら顔の大男で四十前後というところだ。エンジンをかけながら、われわれに冗談らしきことをいうが三人とも意味を解さない。曖昧《あいまい》に笑い声をあげ「じゃあ行くよ。ヨイショ」「ヨッコラ」などと日本語で力を入れる。その時「よしなさい」という声が、耳の傍《そば》で聞えた。低い、関西地方のなまりのある日本語である。どきりと見ると、小柄な老人が、いつの間にか私の傍に立っている。映画館にいた老人であった。「よしなさい。やめときなさい」老人は、子供が泥遊びをしているのを、やりきれなく見ているという感じで、小さく首を振りながら小声で「やめときなさい」という。「よしなさい」

しかし、だからといって押すのをやめるのも妙で、もう一度「ヨッコラ」と押すと、エンジンがかかり「サンキュー、なんとかかんとか」と男が叫んで、車は見る見る遠くなり、見えなくなった。

「日本の方ですか」と聞くまでもないが私がいうと「あいつらは、日本人などバカにしきっとるんだから」と私たちとは目を合わさず、小さくいう。「あいつらがなにいったって、心の中では日本人なんかバカにしきっとる。あんな奴らに手をかすことはないんだよ。バカにしきっとるんだから」

抑揚のない低い声で、なおぶつぶついいながら広い道路を、私たちに背を向けて歩き始めた。赤い格子縞《こうしじま》の入ったクリーム色の厚手なシャツに、皺《しわ》のよった太めのジーンズをはいている。

そのスタイルは、小柄な日系の老人には似合わない。いたましい、といってもよかった。私たちは、声をかけられず、老人が遠くなり、角を折れて見えなくなるのを見ていた。

（一九八二年）

アンチ・事実感覚

「事実は現実を隠す」といったのはオルテガである。

たしかに、地球は丸いという「現実」を人がなかなか納得しようとしなかったのは、目の前に平らな地面という「事実」があったからだといえなくもないだろう。

もちろん「事実」がなければ「現実」をとらえようもないが、とかく「事実」は「現実」をかくしがちだと承知しておくことも無駄ではあるまい、と思う。

たとえば紙幣を、ただの紙ではないか、といってみても「現実」をとらえたことにはならないだろう。しかし、「観念を排して事実だけを見る」なら、たしかに紙幣は「ただの紙」にはちがいない。やぶけば簡単にやぶけるし、火をつければ、ほかの多くの紙と同じようにやすやすと燃えつきる。

だからといって「ただの紙」をありがたがっている私たちが欺瞞《ぎまん》におちいっているとはいえないだろう。いくら「目で見たものしか信じない」という事実主義者でも、紙幣の価値をささえる観念を全的に否定はできないにちがいない。

しかしまあ、紙幣はわかりがいい。使えば得をするというような実質の支えがある。だが、さらに複雑な世の中諸事諸現象については、どうだろう。紙幣を「ただの紙ではないか」というがごとき、滑稽《こっけい》なきめつけをわれわれはしていないだろうか？　観念を通さなければ実体をとらえられないものを、その「事実」のもつムードだけで、とらええたと思っていることはないかという思いがあるのだ。

たとえば石油が不足しはじめる。店から商品が消えていく。すると「終末観」のようなものが、さまざまなメディアを媒介にして伝播する。そのムード的な筋道はわかりすぎるくらいわかるが、そんな「終末観」とやらがどれほど「現実」をとらえているかという疑いを消し去れないのである。

鼠《ねずみ》は船の遭難を予知するという。詩人も時代の危機を他人《ひと》より早く予感するという。しかし、現在終末観を口にすることが、はたして詩人の名誉といえるだろうか？　表通りの米屋の若い衆も、同じことを口にしているのである。

メディアの発達のせいかどうか知らないが、だれも彼もが自分のアンテナをみがきたて、時代が悪い方向へ動くか、多少はよい方へ動くかと、占いに類する予想を競っているかのように思える。これは不健康なことではあるまいか。

私のアンテナの針がどっちに傾こうと「現実」は、それとはなんの関係もなく動いているのではないのか。「現実」は、感覚を鋭くさせているという程度のアンテナでは一向にとらえられないのではないだろうか。「事実」はそれほど単純ではなくなったのではないか。

かつては「目で見たもの」「感じたもの」で「現実」をとらえることができたのかもしれない。「王様は裸だ」という「現実」をとらえるのには「素朴な目と勇気」があればよかったのかもしれない。しかし、いま「王様は裸だ」といいうるのは、率直な目や勇気などではなく、「事実」を多くの視点から分析し感知しうる知力と体験なのではないだろうか。依然として「素朴な目と勇気」の持ち主が、わめきたてれば注目をあびるにしても、そうした人種に実質的な力はないという思いがある。

それにもかかわらず、どうして「事実」に対する感覚的な反応が偏重されるのか。ひとつには、われわれ凡人にとって、複雑な要因で生起する「事実」の「現実」をとらえることは至難であるということからきているのだろう。弾圧者がよき心をもち、前近代が超近代をささえ、悪魔が善を生み、エゴが正義をささえ、動物生態学がすべてを説明するかと思うと、精神分析学者が失地を奪回せんとするといったぐあいで、とてもつき合ってはいられない。それならいっそ「自分の感覚だけを信じよう」と考えても無理はないのかもしれない。

そこへもってきて、目に見えぬものをとらえるさまざまな観念体系の衰弱ということがある。いかに分析的になろうとしても、分析や解釈では、活き活きした「現実」

をとらえることができにくくなっているという事情がある。戦後民主主義という「近代主義的な」観念に対する幻滅が、いわば観念的なものへのアレルギーを生んでいて、「情念」「不合理」「感性」を偏重する風潮が行きわたっている。

で、「時代」を分析的にとらえるというような姿勢は、いかにもうさんくさく、感覚的にとらえる方が、より正確であり、より「大人」であるというような気分が濃い。観念的な時代分析など、一主婦の口にする終末観ほどのリアリティもないではないか、というようなごたくが、いかにも本当らしく効果的に響いたりするのである。

しかし、そうだろうか、と思う。

いや、かくいう私も同断で、「なんとなく時代が悪くなっていくような気がする」というような「気分」を根拠にしてよくものをいってしまうのである。だが、そうした「アンテナ」にはたして「現実」をとらえる力があるだろうか？いや「現実」を漠然と感知することはできるにしても、その「現実」に方向をあたえ「現実」を変えていく力はないのではないか。「終末感覚」は抱けても、その終末意識の実体を分析的にとらえ、危機があるとすれば、その危機をいかにして克服するかというような能動的な方向づけをする力は「感覚」にはないのではないか。それどころか、この種の「感覚」偏重は、いかにその感覚の感知するところが正しくとも、社会的デマゴギーの好餌《こうじ》になりやすいのではないか。もう一度われわれは観念の力を真面目《まじめ》に見直すべきではないのか、というような反省があるのである。

紙幣の「現実」をとらえるためには「ただの紙」を見てしまう素朴な目だけではなく、フィクショナルな背景を認めなければならないように、文明の生んださまざまなフィクショナルなものを「素朴な目」で見ては欺瞞だとわめいてみるだけでは、いまの「現実」は一向にとらえられないのではないか、という思いが（当り前のことをなにをくどくどと思われる方もあるかもしれないが）、私の心を当今しばしば横切るのである。

視点をかえよう。

「なんのために働くか」という質問があるとする。「食っていくために」という答えが現在どのくらい多いかは知らない。しかし、現在この答えで、自分の労働の目的を説明しつくしたと思える人は少ないだろう。

たとえば、ここに「マネジメントガイド」という雑誌がある。その中で、この質問に、島崎保彦さん（シマ・クリエイティブハウス社長）はこう答えている。「人より偉くなりたい。金もうんと儲《もう》けたい。そして、自分のしたいことを全部したい」と。

青木雨彦さんは、こういっている。「時間を売り、才能を売り、仕事を売って、残ったものは自分のものなんだ」その時間は自分がどのようにでも使える。その時間を使って、もう一つの世界をもつのだ、と。

この二つの回答は、かなりの人々の回答を代弁しているのではないだろうか？　そして多くの人々の職業に対するニヒリズムをも代弁していると思う。

どちらの答えもいわば「醒《さ》めている」。いや、このお二人の場合は、雑誌の対談ということで具体的な職業について触れることを避けられたのかもしれないが、それが結果として私たちの職業に対するひとつの態度を語っている。

つまり、職業は、どちらにとっても手段にすぎないという印象である。一方は「人より上に立つための」手段であり、一方は「自分の時間をもつための」手段であり、職業そのものの意義については、関心がないという印象がある。

お二人が実際にそうであるかどうかは措《お》くとして、こうした職業との無感動な関係というものは、かなり一般的なものだと私は思う。職業に観念的な意義付与をして誇りをもとうとしても、現実に裏切られることが多く、これは要するに金を得るための手段であると醒めてしまわなければやりきれないというような事情が積み重なったあげくの無期待であろう。

いま、たとえば、ズボンのベルトをつくっている工場の工員が、自分はベルトをつくることによって社会に貢献していると誇りを抱いていたとするなら、それはいささか滑稽感をともなって人の目にうつるだろう。むしろ「ベルトでも銃でも鉛筆でも知ったことじゃあない。給料がよけりゃあなんでもつくるさ」という態度の方が、より「現実的」にうつるにちがいない。

しかし、それが本当に「現実的」かどうかについて疑ってもいいのではないか、と思う。

思い切って青臭く、観念的に労働というものを考えてみる。人はなぜ働くのか、もし、人間が労働をしなかったらどうするのか、と。

「空気中の酸素だけが、労働なしに得られる唯一の自然的産物である」

これはジャン・フーラスティエの言葉だが、実際人間は労働なくして何日生きながらえることができるだろうか？　しかも相互に労働によってささえ合うことなくして、どの程度の生活が可能であるか？

答えはあきらかである。われわれは、労働によって存在し、労働によって人々とつながり、社会の一員として尊重されうるはずである。

ま、現実にはとてもそんなわけにはいかない。労働が組織化され、投資が行なわれ、簡単にいえば、自分の労働がひとまわりして自分にかえってくる過程で、誇りがかすめとられ、労働はおとしめられてしまう。自分が社会の存続にひとつの役割をになっているという意識はほとんど失われてしまう。職業の社会的意義に誇りを抱くなどということは青臭くリアリティのない感傷に思えてきてしまうのである。

多くの場合、おそらくその感覚に嘘《うそ》はない、と私は思う。しかし、その感覚がいかに正確に現実を反映していたとしても、それだけではその現実を克服する契機は生まれず、ただその現実に耐える技術に長ずるだけではないだろうか？

はじめにかえっていえば、いかに正確に終末感覚を自分のものにしようと、それだけでは「終末へ向かう現実」を、ただ心構えをして待っているしかない、ということである。それはたぶん青臭くないことだろうが、青臭くなくたってなんにもならないという気がする。

つまり職業についていえば、「金を得るために自分を殺した数時間」という考え方はたぶん青臭くはないし、リアリティももっているのだろうが、その現状を動かす力はないということである。

青臭くとも、職業によって自分は社会とつながっているという意識をとりもどすことはできないものだろうか？　もしそうした意識を抱けば、職業の内容に無関心ではいられなくなり、「この八時間は自分を売ったのだ」と目をつぶっていることはできなくなるのではないだろうか。職業を手段から目的に変えることを意図せずには、職業の現状を変えていくことはできないというように思う。

もちろん、こうした考えが、「事実感覚」に溢《あふ》れた人々にとって、おそろしく楽天的な、教条主義者の寝言のように聞こえることは承知しているつもりである。私自身、書きながら顔のあからむのをおぼえる。

しかし、一方で占い師のごとく現実の動きを予知する感覚ばかりをみがき、決して現実に働きかけず、青臭さを怖れてやたらに辛がっている人種にうんざりしているのも事実である。そうした人種に「現実」は見えていないのだという思いが強い。いや、正直にいえば自分に向かって矢をはなっているような思いで書いている。

いい年をして、自分の中の「大人の感覚」にうんざりしはじめたのである。これもまた太平楽の贅沢《ぜいたく》な気の迷いであろうか？

（一九七四年）

III

父の思い出

天気のいい朝、起き出した父は寝間着をするすると脱ぎ、褌《ふんどし》もこれまたするすると取って「たァ坊！」と私を呼びました。

日光浴をするのです。陽の射し込んだ縁側に父は仰向けの大の字に寝ころがります。五、六歳の私もシャツを脱ぎパンツをとり、素っ裸になって、その横へ同じ様に寝ころがります。

「目をつぶれ。目には悪いぞ」

と父がいいます。目をつぶっても太陽のせいで目のあたりが赤く見えます。

「こんちわァ」

どういう訳か他に誰もいなくて、御用聞きに父が返事をしたことがあります。

「庭だ」

「あ、お庭ですか――」

来る気配がしても「寝てろ寝てろ」と父はいいます。「あっこりゃどうも。へへへ」

と御用聞きが当惑している声が聞こえても父は動かず、今は誰もいないから分らない、というような事をいいます。こんな事なら怒鳴《どな》ればいいのに、庭へ呼び入れたのは、今から思えば、父の茶目っ気なのかもしれません。

その頃が父の全盛でした。と同時に不幸も背負っていました。浅草で中華そば屋をやっていたのですが、私の兄（十二歳ほど上です）が肺結核で倒れ、千葉へ別荘を建て看護婦をつけて転地をさせたのでした。

絵ばかり描いている兄で、父はとりわけその兄を愛していたので、今考えてもかなり贅沢《ぜいたく》な別荘を建てたのです。しかし、兄の病状は思わしくなく、間もなく神奈川県茅ケ崎の療養所へ入ってしまいました。「こりゃいかん」と思ったのでしょう。私には「運動をしろ、体操をしろ」としきりにいいました。日光浴も、そんな頃です。一見呑気《のんき》な日光浴も父にとっては、それほど単純なものではなかったのでしょう。

やがて兄はなくなりました。沢山の本が残りました。他の兄や姉（私は六男です）が惜《お》しいとかなんとかいっても、感染を怖れた父は、穴を掘らせて全部焼き捨ててしまいました。その時、どういう訳か残った一冊の部厚い漢和辞典が、これまたどういう経緯からか、私の本棚にあります。その兄の署名があるのです（余談ですが）。

父は、日光浴をすますと、浅草の店へ出掛けて行きました。長兄が店の方にいて、開店までのいろいろの事はしていたのです。学校前の私は、父について頻繁に浅草へ出掛けました。そして夜、また父について千葉へ戻って来るのです。

父は、兄の死がこたえて、まっすぐに家に帰らず、(何故《なぜ》か)押上あたりの屋台店で酒を呑《の》みました。屋台のおでん屋の床几《しょうぎ》の端に腰をかけ、串にさしたはんぺんなどを持って、呑み終る父を待ちながら、のれんの端を頭にのせて、表の通りを眺めていた自分を思い出します。人通りのない、暗い広い通りを、野良犬がトボトボ歩いている風景が焼きついているのは、父のその頃の想いが、幼い私の気分にも影響をあたえていたせいかもしれません。

間もなく父は千葉の家を売ってしまいました。千葉の方にはすみませんが、そして兄が死んだのは神奈川県なのに、父は「千葉はいかん。方角が悪い。千葉ってェ奴は、仕様がない」と呑みながら、よくいっていました。

幼い頃の思い出は、数が少なく断片的です。

無論、母の思い出もありますが、さきほど父の三回忌の法事から帰ったばかりなので、やや感傷的になって、こんな思い出を書かせていただきました。

(一九七八年)

かすかな匂い

名古屋の人と話していて、事務的な会話だったのだが、じわりと気持を動かされてしまい、一段落した時、あなたの話し方はとても素晴しいと口走ってしまったことがある。その人は短く侮辱されたような目をしたが、皮肉でそんなことを私はいわない。キザなことをいったものだと、あとになって恥ずかしくは思ったけれど。

その人は、ほぼ完全にいわゆる標準語でしゃべっていた。ところが時折、ほんとうに時折、名古屋のなまりが、かすめるのである。その微妙さ、かすかさは、名古屋周辺で育った人でなければ、いかに名優だろうと出せないだろうというかそけきもので、私はそのかすかな匂いに酔ってしまった。

私は東京生まれだが、父の生地が愛知県なのである。そういう私的な事情もあるのだが、東京の人の話す標準語より余程味わいがあるように思えた。

しかし、その人は自分の言葉のどこに名古屋の匂いがするのか分らない、という。

「名古屋弁はもうぬけ出しているつもりだったんだけどなあ」

少し飛びすぎの連想だが、ある演奏家に中国のオーケストラの話を聞いたのを思い出す。

そのベートーヴェンやシューベルトは、疑いようもなく中国の匂いの溢《あふ》れた演奏だったという。ところが、オーケストラの人たちは、どうもそのことに気がついていないようだったというのである。

「では日本人の演奏もそうなのでしょうか?」

私には、たとえばN響のベートーヴェンに日本の匂いがあるなどとは、ちっとも感じられないけれど、他国の人が聞くと日本的なものを感じるのでしょうか?

「多分、そうでしょう」とその演奏家はうなずき「私にもよく分らないけれど」とつけ加えた。

ウィーン少年合唱団が、日本の歌をうたうのを聞いたことがある。音感のいい少年たちだから、目を閉じると日本人が歌っているようであった。ただ一カ所、「たとふべき」という歌詞の「たとふ」が、これはもうまぎれもなく西洋人の発音で、それがとてもよかった。しかし、少年たちは、どこが西洋だったのか見当もつかないだろう。

それで、なにをいいたいかといわれると、特にいいたいことはない。ただ、とても面白いことだと思う。大変なこと、厄介なこと、重いことといってもいいけれど。

（一九九二年）

浅草

ひさご通りでラーメンを食べている。

隣のテーブルの声が聞こえる。十七、八の男女である。ふとった娘が、主としてしゃべっている。

「なんでそんな意地悪すっかとなんべんも思ったけどね」

「うん」

「喧嘩《けんか》してしまったらおしまいでしょう」

「うん」

「結局向こうがどう出ようと、こっちは愛情をもって接したらいいんだ思ってね」

「うん」

「そうすりゃ、きっといつか私の心を分ってくれるってね」

「うん」

「人がよすぎっかねえ」

「そんなことねえよ。人間恩をさ忘れたら人間じゃねえから」

「そうだよねえ」

こんな会話が、他のどの街で似合うだろう、と思う。銀座、赤坂はもとより、新宿、渋谷でも彼らは間が抜けて見えるだろう。「愛情」だの「心」だの「恩」だのと、照れずに今時よく使ってくれるよ、と街の方で、彼らを裁いてしまう感じがある。

浅草はそんなことはいわない。平凡で陳腐な会話の切実さが、そのまま通用し、彼らを間が抜けた存在にしないところがある。実際彼らは少しも間が抜けていないのだ。恩になったが意地悪な人が職場にいて、その人とどう接したらいいかは、彼女にとって深刻な問題であり、「愛情をもって接すれば分ってくれる」と決意したということは、少しもおかしなことではない。しかし、そんなことを「照れもなく」しゃべっているのが似合わない街が多くなって来た。

格好よかったり、しらけてたりしないと似合わない街が多くなって来た。浅草は、よその街では似合わない人をホッとさせるところがある。

原宿あたりが似合う青年がいる。新宿、銀座、それぞれ似合う青年がいる。彼らに比べて、浅草が似合う青年は、いかにも「ナウ」ではない。レストランでも、蠟細工《ろうざいく》のサンプルが店の前に出ているような所じゃないと入りにくい気がしたり、とんかつ屋のカツよりも、そば屋のカツ丼の方が親しい気がしたり、安物をいくつも買うより、高くていい物をよく選んで買うべきだなどと雑誌で読み、さて思い切って高いシャツを買って着てみると、顔の方が負けてしまって、借り着をしているような感じになったりする。恋人についても、いまどきアパートへ曲がる角の薬屋の娘に惚《ほ》れて、しかもろくに口をきいたこともないという有り様だ。こんな青年の悩みや孤独を、マスコミは鼻もひっかけないし、他の街も相手にしない。浅草だけが、そういう青年を拒まないという気がする。

青年だけではない。六区の映画街を老人が歩いているのを見ても、他の街では、こうはいかないという思いがする。貼《は》り出された映画のスチール写真を、一軒一軒丁寧《ていねい》に見て歩く小柄な老人が、そのまま街に馴染《なじ》むのだ。他の街なら、すぐそばを足早に通過する人の波があり、老人は対照的に目立ってしまったりするのだが、浅草は老人の孤独を際立たせたりはしない。「時代おくれの」野暮《やぼ》で平凡な青年に肩肘《かたひじ》をはらせもしない。

それはつまり浅草がさびれてしまったということではないか、といわれるかもしれない。そういってもいい。さびれたからこそ、浅草は浅草でいられるのである。繁昌している街は、みんな似てしまう。同じデパート、同じ名店街、同じ食堂、同じ本屋、同じ雑踏。そんな流れに抗して浅草でいるためには、さびれる以外に、どんな方法があったのか？　土地の人々の意志というより、土地そのものの意志のようなものが、自らをさびれさせているのだという思いがある。

たとえば西洋風の女性モデルをつかった巨大な化粧品の写真看板を、浅草のどこへ置いたら似合うかを考えてみるといい。対照的の妙というようなものはあるかもしれないが、似合わぬという印象はまぬかれない。他の街なら、そんなことはないだろう。というより、そうした「ナウ」い看板に合うように街が変っていったといってもいい。浅草は、合わせなかった。そして、他の街で似合わなくなった多くのものが、次第に寄り集まってくるのを待っているという気がする。それが一つのエネルギーとなるかどうかは、私にも分からない。しかし、そんな浅草がなくなったら、東京はなんと歯の浮く、小綺麗《こぎれい》な街々の集合であることだろう。

（一九七五年）

故郷の劇場

浅草の国際劇場がとりこわされるというので、今年（一九八二年）の春は、ひとしきり本拠地を失うSKDの話題が、テレビを賑《にぎ》わした。

SKDというのは、松竹少女歌劇団の略称である。ラインダンスも有名だし、派手な屋台崩しや水を多量に使った華やかな舞台、団員の中から映画スターが輩出したというようなことでも知られている。

しかし、それらは、なんとなく十年以上「昔のはなし」という印象があり、SKDからのスターも倍賞千恵子、美津子姉妹のあとは、ぱたりと聞かない。劇場がとりこわされるというニュースで、久し振りにSKDが話題にのぼったという感じがある。お客さんが、あまり「入らなくなって」劇場も「老朽化した」ということである。

私は、そういう記事をくわしく読みたくなかった。見出しが目に入ると避けるようにした。国際劇場やSKDが憐《あわ》れまれているような文章は読みたくなかった。

私の国際劇場は「東洋一の娯楽の殿堂」という宣伝文句がいかにもふさわしいピカ

ピカの大劇場であり「帝都の子女の憧《あこが》れ」のＳＫＤなのである。

私は昭和九年に国際劇場と大通りをへだてて向き合った一画で生まれた。昭和十九年に、強制疎開で家をとりこわされて引っ越すまで、他所《よそ》へ泊りに行った日を別にすれば、国際劇場の前景を見ないで過した日は一日もない、といっていいだろう。

劇場前の広場は、私の遊び場であった。チケット売場の前にある金属パイプの柵が、私の鉄棒であった。それで「尻上《しりあ》がり」の練習などをしたのである。

雨の日に長靴《ながぐつ》をはいて、ピチャピチャと思いきりハネをとばして行進しても、文句をいう人はいなかった。いわば、私の「コンクリートの野原」であった。

その野原に、轟々《ごうごう》と数台の戦車がやって来たことがある。音を聞いて、私は大人たちと一緒に家をとび出した。

「来たよ、来たよッ」

来ることは、さんざん予告されていたのである。戦車は、「国際通り」を思ったより軽快に、しかし大きな音をたててやって来た。

車上に上半身を見せた戦車隊員は、堂々と前方をにらんで勇ましい。防塵《ぼうじん》グラスを額《ひたい》にあげ、人々の拍手や歓声など一向に耳に入らぬというきびしさである。小さな私は、すっかり心を奪われ「飛行隊もいいけど、戦車隊もいいなあ」と自分の将来について動揺をおぼえた。どっちにしても「国のために壮烈に戦死する」ことは決めていたのだった。

その戦車が何故《なぜ》来たかというと、映画の宣伝のためなのである。上原謙主演、吉村公三郎監督の松竹映画「西住戦車長伝」の封切の日であった。一映画会社の宣伝に軍が戦車を出すというのは、今の感覚ではありえないことに思うだろうが、当時の映画は「娯楽の王者」であり、その国民に及ぼす影響力の大きさを、軍も政府も充分に承知していたのである。戦意高揚映画であれば、むしろ積極的に力をかしたのであった。

それにしても、国際劇場だから、戦車もやって来たのである。なまはんかな劇場の前では、戦車の格も落ちようというものだ。国際劇場の前に立ち並ぶと、戦車たちは更に威厳をふきこまれ、力がみなぎり「敵は幾万ありとても」蹴散《けち》らして断じてゆるぎない、というように見えた。

劇場のプログラムは、そうした松竹映画一本とSKDのショーという組合せであった。戦争中のショーとあれば、いくら「少女歌劇」でも、軍国日本万歳というような武張ったものであろうと思うかもしれないが、私の記憶の中には、こうしたショーは一本もない。桃太郎が日本人で、鬼をアメリカ人に見たてた長篇漫画映画がかかっていた時も、SKDはメーテルリンクの「青い鳥」をやっていたようにおぼえている。当時のスターはターキーとオリエで、その二人がチルチルとミチルをやり、映画が替わってもショーはそうそう替わるわけにはいかないから、その舞台を私は何回も見た。

ターキーとは、水の江瀧子さんである。

舞台を無数の青い鳥がとび交い、とうとう「幸福の青い鳥」を見つけたと心をおどらせたチルチルとミチルが、その一羽をとらえてみると、それは忽《たちま》ち色あせ、息絶えた鳩にすぎなく、気がつくと乱れとんでいた青い鳥も一羽残らず消え失せている。そんなシーンが、いやに鮮明に頭に残っているのは、それから戦後にかけて、似たような苦《にが》い思いを幾度も経験したせいかもしれない。

焼跡の向うに見えた国際劇場は、汚れていた。しかし、崩れてはいなかった。空襲で、あれもこれも故郷のなつかしい多くのものが焼け失せたあとに、最大の故郷のシンボルの一つである(もう一つの大きなシンボルであった観音様は焼けてしまっていた)国際劇場が、ともあれ戦後の闇市《やみいち》のテントの向うに、やつれながらも立ち残っている姿は、喜びであった。早くショーが再開され、SKDを見たいものだと願った。

しかし私はまだ疎開した田舎で暮す中学生であり、家は貧しく、SKDが公演をはじめたと聞いても、そんなことのために上京する余裕はなかった。

戦後の「少女歌劇」を見たのは、日劇での宝塚であった。父が再婚をし、三歳の男の子を連れた継母が、私と妹とを「近づきのしるし」に東京でいいものを見せてあげましょう、と連れて行ってくれたのが、宝塚だったのである。ひとの好意というものは、えてしてこのようにピントのずれるものだが、私は宝塚にも魅了された。久し振りに見る舞台に、心もとろけるような思いをした。春日野八千代がシューベルトを演じた「未完成交響楽」である。しかし、なにかが足りなかった。ラインダンスか？　いや、多分ラインダンスは宝塚にもあったような気がする。しかし私は、気持の隅で、求めているものが小さく満たされないという気持があった。

それがなんであったかに気がついたのは、大学へ入って上京し、ようやく戦後のSKDをはじめて見ることが出来た時であった。開幕のベルが鳴り、しかしまだ緞帳《どんちょう》がおりたまま、席へ急ぐ人が次々とあって客席はざわめいている。そこへ、あの甲高い「東京踊りは、ヨーイヤナア」という、はりあげた若い娘の声が聞こえたのである。続いて打ちつけるような音楽。いかにも「楽隊」という演奏。あっという間に幕が上がって思い切って明るい舞台に、声をはりあげて唄う華やかな踊り子達。全身を粟立つような興奮が走り「これだ」と私は涙がこみあげた。年月を経て、突然故郷の祭ばやしを聞いたようなものである。私にとってSKDのオープニングは、いわば故郷の祭ばやしの如《ごと》きものであったのである。

更に国際劇場との縁は続く。

戦後の日本の立ち直りに比例して、国際劇場は、綺麗《きれい》になって行った。私は、渋谷に下宿し、地下鉄の反対側の終点である浅草へ行くたびに、国際劇場の化粧直しの具合を目にした。しかし、SKDを見ることは、ほとんどなくなっていた。他に見るものがいくらでもあるという思いであった。

へき地の教師になるつもりで、芝居や寄席を沢山見られるのもいまのうちという気持だった。食事代が惜《お》しくて、二食ぬいて立見の芝居を見ていて、失神してしまったこともあった。気がつくとコンクリートの床に頬をぶつけて倒れていて、周りの人が「どうした？　大丈夫か？」などといっているのである。

ところが教師になれなかった。就職難でなかなか口がなく、教師にこだわっていると食べて行けなくなるという恐怖が走るようなことになった。卒業が近く、学生課へ「どこでもいいから、今度の日曜に入社試験のある会社はありませんか？」と、いま思えば呑気《のんき》なものだが、聞きに行ったのである。

「松竹で助監督の試験があるぞ」といわれた。「はい。そこで、いいです」と大船の撮影所へ受けに行ったのである。映画は好きだったが、つくる側にまわるなどとは夢にも思っていなかった。ところが採用になってしまった。

四月に会社へ行くと、「当社の主要な劇場を案内する」と人事課の人がいい、入社した六人の仲間と一緒に、劇場回りをした。新橋演舞場、歌舞伎座、ピカデリーと見て歩き、最後がわが国際劇場なのであった。

楽屋から入り、舞台裏を案内される。「こんなところを見られるなんて」と、私は漸《よう》く自分の幸運に気づき、国際劇場が自分を呼び寄せてくれたような気がした。あれこれ大道具などを見ているうちに、次第に動悸《どうき》も激しくなるような具合でいると「では、これから踊り子さんの部屋を案内します」というのである。「ウワッ、こんな幸福があっていいのか」と私は、目もくらむような気持で、楽屋の狭くて汚い階段を、よろけるようにのぼって行ったのであった。

浅草へ行くのが、怖い。

とりこわされた国際劇場の跡を見る勇気が、いまの私にはない。

（一九八二年）

浅草はちゃんと生きている

——アンソロジー『浅草』

西暦二千年から数えて、千三百七十三年前、三人の男（土師臣中知と従者浜成・武成の兄弟）がいまの駒形橋のあたりに小舟を出して網を打っていた。一尾《ぴき》の収獲もない。ところが、日没の最後の網を打つと、ひき上げた藻の中から小さな黄金の観音像が燦《さん》然《ぜん》と輝いたというのが「観音さま」（金龍山浅草寺）の由来である。

隣の「三社さま」に、その三人がまつられている。

彼らは朝鮮からの渡来民だったろうというのが、小沢昭一さんの「空想」（と御本人は遠慮していらっしゃる）で、添田唖蟬坊・知道親子の考えでは、漢人を祖に持つ男達であったろうという。

つまり浅草は、発祥からして流浪の民、他所《よそ》から来た人たちによって、ひらかれた、と。

これは私も荷担したい魅力のある仮説で、たちまち私事を持ち出すのははしたないが、父も愛知県の農村から家出して、公園のベンチで寝起きし屋台からはじめて浅草に小さな食堂を持った。そのいくらかは、他所者にもひらかれた、しがらみにとらわれぬ、実力と本音の浅草だからこそ、という思いがある。大正、昭和初期といえども銀座では、そうはいかなかったろう。

「浅草には一流のものが何一つない」と川端康成が書いている。しかし「何かしら面白いのであり、何かしら魅力がある」

それはもう「一流」などというものにつきまとう「勿体《もったい》ぶり」「ナルシシズム」を許さなかったのだと思いたい。町をつくったのが他所者なら、そこへ遊びに来るのも地方出身者で、親の目からも近隣の目からも解きはなたれている。いってみれば恥も外聞もなく慰撫されることを求めてやって来る人たちを相手にしたのであり、よくも悪くも「一流」が入りこみ育って行く余地がなかった。「一流」になるためには、別の土地を求めなければならなかった。エノケン、渥美清、ビートたけし、然り。

いまもし浅草に「一流」があるとすれば、それは浅草の衰弱の証しで、他の町が次々と小綺麗《こぎれい》に似通って行くなかで、俗悪、本音を維持し、「二流」に徹してシャネルもルイ・ヴィトンも許さないことこそ浅草の「ありがたさ」ではないかと、すでに他所者になってしまった人間は、勝手な夢を描いている。

ところで、このアンソロジーは吉原ぬきの浅草である。玉の井ぬきといってもいい。本音だ俗悪だといいながら、私には吉原、玉の井に手をつける資格がない。知らない。

そこはまたその向きによって一冊が編まれて、なお余りある世界だろう。

この本は、観音さまと六区の浅草である。たとえば伊藤左千夫の「浅草詣」をお読みいただきたい。日曜日にきっと浅草に連れて行くと四人の子供に約束をし、その朝六時の時計が鳴ると「おとッさん夜があけたよ」と子供が声をあげ「今日は浅草へゆくのネイ」と家中が眼をさましてしまう。

佐多稲子の浅草も「市民の遊び場らしい親しい健康な賑《にぎ》わいと可憐さ」を描こうとしている。これはまあ、あまりうまくいかないのであるが――。

六区と道ひとつへだてた五区の生まれの私には、浅草は当然ながら遠い盛り場ではなかった。しかし、離れて時間のたった今となると、一番近しい浅草は、この伊藤左千夫、佐多稲子の世界のように思える。

ほんの三カ月ほど前、福島県喜多方に出掛けて私は思いがけない浅草に出会った。一泊した旅館が、隣接した熱塩《あつしお》温泉だったのである。

夕刻、宿のロビーに入ると、フロントのカウンターのはずれに、不吊り合いなくらい大きな胸像が置かれていた。よく見ないままルーム・キーを受取ったりしているうちに予感がこみあげ、

「あれ、このおばあちゃん――」と胸像の方に吸い寄せられた。

老婆の像なのである。瓜生岩子だった。「観音さま」の境内《けいだい》に、ちょこんと正座し

た老婆の銅像があった。私の小さい頃からあり、今もある。そっちは全身像だが、目の前のは胸像になっている。しかし、顔はなつかしい瓜生岩子だった。「ウリュウ・イワコ」と発音してみると、子供の頃の自分の声が甦《よみがえ》るようだった。舌足らずのようになってしまい、正確に発音しても歯切れがよくならない感じがつきまとった名前。

「ウリュウ・イワコんとこで待っといで」という母の声を思い出す。伝法院の日曜学校へ行きながら見上げた瓜生岩子。何故《なぜ》か雨の日の濡れそぼった瓜生岩子。

その旅館が生家だったのである。山形屋さんという。

百六十年ほど前、瓜生岩子は熱塩で生まれ、会津戦争では敵味方の区別なく傷病者の手当てをし、磐梯山が爆発すれば救援にかけつけ、三陸の津波にも走り、福島育児院をひらき、東京へ移っても無料診療所を全国につくろうと努力して、ほとんど過労で六十九歳の生涯を終えたという。

「なんかエライことをしたおばあちゃんなんだってさ」という以上には、母も姉も兄も、無論私も知らなかった瓜生岩子。貧民救済、無料診療につくした女性の像が建ったというのも、浅草の一現実にはちがいない。そうしたぎりぎりの切実さと向き合った土地の芸能娯楽に「一流」などと呑気《のんき》なことをいっている暇はなかったともいえるだろう。

「浅草の観衆は、無遠慮で粗暴だ。その代り正直だ。ツマラない芝居を窮屈にカシコまって辛抱するようなバカな真似《まね》はしない。また、どんなキラにもたぶらかされない。どんな名門、どんな看板を背負《しょ》ってきても、彼らの『心』に触れるものがないならば、容赦《ようしゃ》なく黙殺してしまう。

ずいぶんバカげたものや、愚劣なものが流行《はや》る場合がある。それは、表面的にはいかにも腑甲斐《ふがい》ないものであっても、その底を流れる、『あるもの』が、民衆の心にピッタリと触れるからである」

昭和五年の添田唖蟬坊の文章である。浅草全盛の頃の観衆には、そういう迫力があったのだろう。いまだって木馬館あたりの剣劇を見に行くと、本音ばかりの観客で満員だが、その多くには老齢のやさしさがあって、容赦のない黙殺というようなことはない。

むしろ、そうした観客はテレビに移ったというべきだろう。テレビの芸能番組やドラマを見栄で見る人はいない。本音である。

ただ、かつての唖蟬坊氏ほどそうした観客を信じられないのは、相手が小さな小屋の観衆ではなくマスメディアを通したマスであり、反応も統計上の数字とあっては、間にあれこれ入りすぎて感触もなく、もどかしいが致し方ない。おおかたの慰安を求める切実さも格段に薄れ、対象も拡散してしまった。

もはや、昭和初期の浅草の観客の鋭さは、結局のところどこにもないのではないかと思っていた時、小沢昭一さんの文章にぶつかったのである。本書にあるのに引用することはないが、前後はともかくさわりは、やはり書き写したい。

「立候補者野坂昭如の選挙カーに乗って、私は応援の叫び声をあげながら新宿、渋谷方面より浅草へ入って行った。高速道路を出て橋を渡ったとたん、全く別の国へでも来たかのように、町の人々の反応は冷淡になり、冷淡どころか、野坂の名前すら知らないような手ごたえのなさに、私はガクゼンとした」

これには私も驚いた。しかし、半分以上、なんだか喜びでもあった。野坂さん、小沢さんに恨みがあるわけではない。浅草はちゃんと生きていたじゃないか、という嬉《うれ》しさである。同じ東京の、新宿、渋谷からやって来て「全く別の国へでも来たかのように」空気が変ったということは大変なことである。いまの価値基準に照らして古かろうと悪かろうと、町が生きている証拠である。そんな芸当のできる町は、日本全国回ったって、そうそうあるものではない。

「大正から昭和にかけて、オペラやレビューのモダン浅草が（略）文化の先端を走っていたように、さらに戦後のストリップが、新時代の解放の文字どおり象徴であったように」と小沢さんは書いている。どうしていまの浅草が時代の先端を体現することができないのか？

できないのである。浅草がまだ浅草だからこそできないのだ。レビューはよかった、ストリップもよかった。しかし、いまの売れ筋は性《しよう》に合わないのだ。合わなくても他の町はなんとか折合って、ほどほどの繁盛を手に入れている。浅草はそうはいかない。長い歳月に積ったものが生きている。人間だけじゃないものが生きている。新案の計画などではとても歯が立たない頑なさが、目先の迷惑など物ともせずに居座っている。それの一部は人間であるとしても、大半は（浅草には似合わないいい草だが）土地の精とでもいう他はないものなのではないか。

「冷淡」と小沢さんは書いているが、まさしく浅草あたりの感触の一つは「冷淡」だと思う。ひとたび気心が知れれば、自分でも持て余すくらい親切になったりする「冷淡」もあるにはあるが、大体密集地で商売をしている人間が、そうそう他人に入れこんでもいられない。少々知り合ったって、どんな奴かも分らないという用心深さもある。臆病もある。都会に住む人間の皮肉、冷笑、底意地の悪さもある。そして、大抵は目に見えるものしか信用していない。

そういう「おじさん」「おばさん」を私は何人か知っていた。一瞥《いちべつ》でなにもかも見抜いてしまうような目。身も蓋《ふた》もないリアリズム。しかし、一方で節度や諦《あきら》めが身についていて、露骨になることは少ない。沢村貞子さんには、ちょっとそういう味があったと思う。少し怖い。しかし、自分にも厳しいから、キリリとして美しい。

そういう人たちはいなくなったと思っていた。少なくとも町の空気に関わるほどにはいなくなってしまった、と。

そこへ小沢さんの文章である。そりゃあ、ああいう「おじさん」「おばさん」の前で変革を叫べば、ひんやりするだろう。どっちかといえば、小沢さんも野坂さんも、そうした人たちに好かれるタイプだと思う。しかし、政治はいけません。政治家なんか、てんから信用していない。

私の知っていた「おじさん」「おばさん」は、とうに死んでいるが、その人柄を継ぐ人たちがいたのである。いや、私の想像が正しければ、いたことになる。町というものは、しぶとく人を育てているのだな、と勝手に感嘆した。あんなに焼け野原になってしまったのに、と。

その空襲の一文は、高見順の日記からである。浅草には高見順の時代というものがあり、その頃の文章をと迷ったのだが、やはり戦火の記録は胸を打つ。まったくなにもかも焼けてしまった。観音さまも六区も。

「ところが松竹新劇場（もとの江川劇場）は無事だった」とある。「昭和座が疎開で、前が空地になっており、横は瓢箪池、そういう関係で助かったのか」

その通りなのである。これには私も少し関わりがある。

昭和座と一緒に、私の生家も強制疎開で、空襲前に、とりこわされてしまったのである。そのままいれば爆撃で死んでいたかもしれないのだから政策を恨むわけにはいかないが、戦後焼け跡に立って父が、「江川はうちのおかげで助かった。あの自転車屋もな」と、やはり焼け残った貸自転車屋を見ていたのを思い出す。そのまま神奈川県の疎開先から戻れなかったせいもあるが、私は小学校前半の友人が一人もいない。死んだ同級生も沢山いたのではないかと思う。戦後六区にも闇市《やみいち》が立ち、そこを父か姉に連れられて歩いていて、一人だけ友人を見た記憶がある。あまりにひどい格好で、汚いようなものを売っていたのにひるんで、声をかけずに通りすぎてしまった。

そんな思い出も見る見る遠くなる。いまや戦後の浅草しか知らない人が多いだろう。私だって関東大震災前の浅草はまったく知らない。

以前、亡《な》くなった殿山泰司さんと焼肉を食べようと歩いていて、このあたりが私の生まれたところですというと「なによコールガール発祥の地じゃないの」といわれた。敗戦後そういう歴史があったのかもしれない。十二階のあった頃は、その下あたりだったのだから、それこそ十二階下の安売春の一軒だったかもしれない。

土地の歳月に比べれば一人の記憶は、ほんとに短い間のことである。それも書き残す人間がいなければ、見る見る闇に消えて行く。幸い浅草は、ほぼ連続して、書き手を得て来ている。

町内の、黒板塀をめぐらせた牛鍋屋《ぎゅうなべや》の横手で、私はメンコをやり、ベーゴマを回し、鬼ごっこや馬跳びをしたが、その店についての詩を、著名な詩集の中に見つけても、さほど意外でもないというのも浅草だからこそだろう。

「八月の夜は今米久にもうもうと煮え立つ」

そして、さかのぼれば康成、乱歩はもとより、犀星、白秋、泡鳴、花袋、ピエール・ロチまで現れて、集める気になったらほとんどキリがない。虚子の、お札おみくじの一文の面白さは、どうだろう。

とはいえ、いまの浅草にそのような書き手を求めるのは、おそらく難しい。仲見世はともかく、それをはずれた町筋のさびれ方は只事《ただごと》ではない。いや、只事ではない、と思いたい。「なにものか」の、いまの時代に対する啓示だ、と。

なにやら少し神がかって、久し振りで観音さまにお参りした。おみくじを引いた。凶であった。縁起直しにもう一回、と境内におりて引くとまた凶であった。浅草寺は噂《うわさ》では凶を置くのはやめたのではなかったかと反対側の売り場へ行って引くと、これも凶なのである。

これこそあきらかな啓示というべきで、お前ごときが大浅草のアンソロジーを編むとは何事かと、たぶん観音さまが怒っているのである。一言もない。


（二〇〇〇年）

プールにもぐって…

〔「スポーツ・エッセイ」という課題で〕

小学校の三年まで浅草六区で育ち、空襲を前にして湯河原へ疎開した。熱海のひとつ東京寄りの駅で、熱海ほどの賑《にぎ》やかさはないが、古くからの温泉場である。しかし、戦争中のことで、のんびり温泉に来る客などなく、集団疎開の東京の小学生、負傷したり病気になった兵隊が旅館に入っていた。

私は家族と一緒の疎開だったので、集団疎開の子供達との交流などの時は、土地の子と一緒に声を揃《そろ》えて「よくいらっしゃいました」などと大声でいった。事実数カ月で土地っ子同様になり「そうずら?」「遊ぶべ」などと、浅草言葉も捨て去っていた。子供なりに適応に全力をつくした時期があったのである。子供達は、浅草の子と比べて格段に「あらくれ」であった。

スポーツと呼べるかどうか分らないが、その頃の思い出は「水泳」である。かっこをつけた理由は、あとで書く。川も海もあり、季節がはずれると温泉プールがあった。川は藤木川で、今ではとても泳げたものではないが当時はまことに綺麗《きれい》で、急流にみがかれてすべり台のようになった岩に尻《しり》をのせると、流れに突かれるように勢いよくすべり落ちてあっという間に深みの底へ落ちて行く。もがいて水面に出る。そこへ次の子供が落ちて来る。そんなことが楽しくて、秋になってもなかなかやめる気にならなかった。都合のいいことに急流の傍《そば》に、翠明館という旅館の露天風呂があった。寒さで震えが来ると、垣を越えて、その風呂へすべりこむのである。当時は客もあまりいなかったと思うのだが、軍の高官とか政治家でも来ていたのだろうか、一流旅館らしくすぐ風呂番のじいさんが現われて怒鳴《どな》って私たちを追い払った。

真夏には、川と共に海へもよく行った。

歩いて小一時間かかったが、バスはめったになく、歩くのが当り前だった。ふんどしを丁寧《ていねい》にまるめて、手拭《てぬぐ》いでしばり、それをブラブラ提げて海に向うのは、なんとなく今でいえば「格好いい」のであった。

海岸は吉浜といった。海の家などというものはなく、浜で裸になって手早くふんどしを締めると、竹の棒などに着ていたものを結びつけて砂にさした。

今でも波の高い海岸で、子供の頃は身体の三倍ぐらいも高い波が来るように感じた。その波に乗るのである。乗りそこなって、くだけて来る波に巻きこまれると、水の中で身体がくるくる回った。翻弄《ほんろう》された。それも楽しかった。思えば、なんと勉強をしなかったことだろうか。

秋冬春は、温泉プールである。清光園というこれも大きな旅館が家の近くにあり、安い料金で土地の者も入れてくれた。もっとも戦争末期は、そこにも集団疎開の小学生が入り、その頃だけは入れなかったように思う。

戦後になって、入れるようになると、一緒にアメリカ兵が泳いだ。はじめて見た時は、赤くて大きくて毛深くて、みんな怖いような気がして水から上った。私たちは素裸だったが、彼は海水パンツをつけ、日本の女と一緒だった。女性も水着をつけていたが、見てはいけないものを見るような感じがあった。アメリカ兵と女は、やたらに大声をあげて笑い、しぶきをあげてふざけ合った。

そのうちアメリカ兵が私たちを見てなにかいった。「なにをぶっ立って見てるんだ。お前らも泳げよ」というようなことらしかった。人がよく陽気な感じだったが、尻込みをして最初の日私たちはそのまま帰った。しかし、それからはほとんど行くたびにそういうアメリカ兵と日本の女が泳いでいるので、すぐ慣れた。こっちはこっちで勝手に泳いだ。十五メートルプールで、それは子供の息でも、もぐったまま端から端へ行きつける距離だった。私たちは、どのくらいもぐったまま泳げるかを競い合った。

昭和二十二年に、中学の一年生になった。新制中学の一期生である。その頃になって漸《よう》く異性を意識するようになった。クラスのある綺麗な女の子に声をかけられると、押さえようもなく顔が赤くなり、胸がドキドキした。女の子の方がませていて、私がうわずるのを、数人で面白がったりした。口惜《くや》しかったが、どうしても冷静になれなかった。

ある日プールへ行くと、玄関にその子がいた。三、四人の女友達と下駄箱《げたばこ》へサンダルを入れているところだった。つまりこれから入るところだ。「ウワ、来た」と彼女の連れが私を見てはやした。当の彼女は平然と「こんちは」といった。

一人だった私は、怒ったようにうなずいて下駄を脱いだ。彼女の方は見ないようにした。プールへ入っても、彼女たちの方は見ないようにした。素裸で彼女たちは泳いでいた。しかし今の子達より余程「おくて」で、私の身体に変化が起こるというようなことはなかった。温泉場で、混浴に慣れていたからかもしれない。

「おい、面白れェぞ」

悪友が寄って来た。彼女たちが泳いでいる下へ、もぐって行こうというのである。

「見えるぞ」

性器が見えるぞ、といった。もぐってわざわざ見に行かなくても、裸で歩き回っているのだから、プールから出たところを見ればいいようなものだが、つまりはそんなことをして彼女たちとじゃれたいのであった。私は彼女を特別の人と思っているので、気がすすまなかったが、断ればそれを種にからかわれる気がして、悪友と一緒にプールの端で水にもぐった。

たどりつくと、上で彼女たちの裸がバタバタと泳いでいた。「記憶の中の瞬間」である。たちまち悪友が浮び上って「ウェー」といった。私も浮び上って「ウェー」といった。当時はまだ「エッチ」という言葉はなく、私たちは「助兵衛！」とののしられた。

波に翻弄されたり川の深みへすべり落ちたり、温泉プールでけしからん事をしたのを「水泳」と呼んでいいかどうか分らない。ましてやスポーツとはいえないだろう。しかし、私のスポーツらしき思い出は、やはりその頃が一番濃いのである。あとは、ほとんど縁がなく、観戦することもなく、暇があるとごろごろしているばかりである。


（一九八二年）

中学生のころ

〔中学時代という課題で〕

小学校六年、中学と高校が三年ずつという学制は昭和二十二年からのものである。それまでの中学は五年制であり、義務教育ではなく、行かない人はいくらでもいた。それがこの年から誰も彼も中学へ行くことになった。行かなければならないということになったのである。

その新しい制度の中学へ第一期の一年生として、私は入学した。しかし、校舎なんかありゃあしない。二十年に敗戦となり、住む家にも事欠いている日本で、国中の小学校卒業生が全員中学生になることになったのである。何処《どこ》の土地でも校舎には困っただろう。

神奈川県湯河原町に私はいた。浅草で小学校（当時は国民学校という呼称であったが）三年まですごし、強制疎開（都会の住宅密集地に空襲があった場合を予想し、類焼をくいとめるためと避難場所を確保するために、ある区画の家々をとりこわして空地にしたのである。政府の決定であり、さからって立退《たちの》かないなどということは出来なかった）で昭和十八年春に湯河原へ越して来た。湯河原に小さな蜜柑畑《みかんばたけ》と小屋を父は持っていた。愛知県の農村から家出をして上京し、屋台の支那そば屋からはじめて、浅草の繁華街で大衆食堂をひらいた父にとって、別荘を持つことは、一つの夢であったはずである。その夢は、私が三、四歳の頃に千葉の海神に大きな家を建てることで満たした。ところが、そこで三男（私は六男である）を亡《な》くした。肺結核であった。父はすっかりその土地が嫌《いや》になり、西の湯河原に畑を買ったのである。家は小屋でいい。子供に体力をつけさせることだと思ったようである。

家をとりこわされ、行くところがなく、一家でその小屋へ移ったのである。移る前に、浅草の店で、商売に使っていた皿や丼《どんぶり》、鍋《なべ》やフライパンを売った情景も忘れられない。二束三文であった。父はそのようにして獲得した成功を根こそぎ奪われたのであった。奪ったのは戦争である。戦争以外でも、時代の変転はいくらでもそのような悲劇を生むといえるかもしれない。しかし、ほとんど抵抗するすべのない挫折を多くの人々に強《し》いること、戦争に比すべき状況はないのではないかと思う。

父は立直れずにいた。貧困の中で、私は新制中学一年生というものになった。校舎は戦争中、青年学校として使われていたものであった。それ以前には高等科といわれていた学制で、小学校を出て二年間だけ、希望する者が通っていた校舎である。そこへ大勢がつめこまれた。かつて家庭科の教室であった調理台と流しが並ぶ部屋の、流しに板を敷いて机にした。目の前に水道の蛇口があった。しかし文句をいうものはいなかった。物質的不足不便は社会全体のものであり、その中では学校などむしろましな方であった。

たとえば燃料について書くと、ガスなどはなかった。無論プロパンもない。電気は、まだまだ不足で、この年の夏は一週間に三日、朝七時から翌朝七時まで電力危機のため停電という記録がある（記憶にはないが、どっちにせよ燃料としての電力などあてに出来る時代ではなかった）。

山へ行き、杉の葉（樹間に落ちている枯枝《かれえだ》）を集めて、背負子《しょいこ》（湯河原あたりでは、痩せ馬といった）でかついで来た。それをたきつけにして、薪《まき》は必要の半分ぐらいは買ったはずである。あと半分は、やはり山から拾って来たのだった。

杉の葉が、よく枯れていなかったり、しめっていたりすると燃えつきが悪い。朝起きて、かまどに火をつけるのは私の役目であった。燃えつきの悪い時は、とても時間がかかった。芋《いも》をゆでたり、時には米の飯を炊いたりして、それを朝食と弁当にしたのである。弁当のおかず《かず》は、いつの頃からか、小女魚《こうなご》の佃煮《つくだに》いってんばりになった。それならお菜《かず》をつくらないですむ。ある時期からは給食がはじまったはずだが、記憶では長いこと、四歳年下の妹の分と、二人前の弁当をつくって、学校へ出掛けたような気がしている。

母はすでに亡かった。小学校の四年の時、病死していた。

だから私が中学二年の頃には、父は四年余り妻のいない生活を続けていたことにな

る。父は指圧師になっていた。

こういうところが、父にかなわないところである。大衆食堂とはいえ、何人ものコ

ックやウェイトレスをやとい、別荘を持つ暮しをしていた父が、ある日指圧師になっ

ているのである。

湯河原は温泉場である。戦後間もないそんな時期でも、温泉でのんびり足腰をのば

す余裕のある人々がいたのである。父はそういう人々を客とした。まだ中学生や小学

生の子供をかかえて、五十半ばの男が、戦後を生きて行くには体裁など気にしてはい

られなかったのだろう。しかし、その働きによって生き長らえた子供としては、そう

いって、すませられないものもある。旅館の帳場に挨拶《あいさつ》をし、仲居に愛想をいい、客

室をめぐる父の胸中が、そうやすやすとわり切れていたはずはないからである。かつ

て客として何度も泊った旅館も「おとくい」の一軒であった。

それから父は再婚をした。

戦死した夫を持つ中年女性が溢《あふ》れていた時期であった。まず父は、結婚相談所とい

うようなところに、再婚したい旨《むね》を登録したようである。

次から次へ、中年の女性が訪ねて来た。その頃は温泉場の真ん中の二階家に住んでいたのだが、学校から帰ると、玄関にキチンと揃《そろ》えられた女の履《は》き物がよくあった。履き物はおおむね貧しく、チラリと見る彼女たちも、母に比べてひどく見劣りがするように思えた。父もそうだったとみえ、中々相手が決らなかった。

漸《ようや》く決ったのは、職業軍人の奥さんであった。三歳の男の子がいた。

その人は、履き物からちがっていた。揃えられた玄関の下駄《げた》が、子供の目にも、他《ほか》の女性たちのそれとは、格段に上質だったのである。

玄関で見送る父の声もちがっていた。気楽なところがなく、緊張して、あまり似合わない敬語を使い、やや上ずっていた。

「どんな女かな？」妹と、すき間から見ようとしたが、顔を見ることは出来ず、長身のすらりとした和服姿が出て行くのだけを見た。

声も下町や温泉場のものではなかった。他の世界は、ほとんど知らなかったが、ともあれ、私が生まれ育って来た土地のおばさん連中の声より「高級な」声であった。

二度目には子供を連れて来た。元気な男の子で、私たちはすぐ仲良くなった。品のいい、可愛《かわい》い子だと妹もいった。

三度目には、子供だけで東京へ行った。その人が東京駅に来てくれていて、昼は銀座で食べ、日劇で宝塚を見た。春日野八千代の「未完成交響楽」という出し物だったと思う。シューベルトになった春日野さんが、「お名前は？」と聞かれて、あの男役特有の声で「フランツ・シューベルト」とこたえるところは、今でも目に浮ぶ。やがて舞台で、セレナーデが歌われはじめる。あの有名なシューベルトのセレナーデを私は知らなかった。ただ、なんと美しい曲だろう、ととろけるような気持だった。すると、隣にいるその人が、舞台に合わせてその曲を小さく唄《うた》っているのである。「ウワ、この人は、こういう歌をとっくに知ってるんだなあ」と知らない自分が、とても田舎者のように思えた。まいってしまった。

父もやっぱりまいっていて、再婚したのであった。

それからは修羅場であった。子連れ同士の再婚の難しさが、今でも骨身に染みている。どちらが悪いということはいえない。強いていえば、父の方かもしれない。

当時は、あきらかに父が悪いというように思っていた。再婚したその人を、すぐ美容学校へ通わせ、美容院を開業したのである。今考えれば、その人の希望かも知れず、開業費用は父が出し、依然として指圧師は続けていたのだから、髪結いの亭主を狙《ねら》ったとはいえないはずだが、その頃の私は父のやり方を憎んだ。その人も経済的に力をつけると、強いことをいうようになり、連れ子の男の子もいるので、家の中はしじゅう荒れていた。

そうした中で中学校は、やすらぎであった。今のように勉強が出来ればいい、というような事はなかった。先生もよかった、とついそんな風に思ってしまう。当時と今では、とりまく社会状況があまりにちがっていて、単純に昔の先生ばかりをよしとは出来ないが、ふりかえると、あの頃の中学のよさがただなつかしいのである。

（一九八四年）

湯河原温泉

〔「青春紀行」という課題で〕

湯河原は、時々訪ねる。姉夫婦がいるのである。九年前までは父もいた。父の葬式も湯河原だったし、もう四十年もたつけれど母の葬式も、それから三十七年前の兄の葬式も湯河原であった。故郷ではない。小学校三年から高校を卒業するまでの十年間の土地である。その期間を「青春」とは呼ばないかもしれないが、大学のあいだも会社づとめのころも、シナリオライターになってからも、思い出の折々に湯河原は現れて、私の「青春」とも「中年」とも分ちがたい土地なのである。

ところが、この文章を書くために電車に乗ってみると三年ぶりなのであった。ちょくちょく行っているようで、気がつくと間遠《まどお》になっている。東京からエル特急で一時間二十二分。その気になればいくらでも日帰り出来る場所なのに、心貧しき中年男は、用事もなくぶらりと過去の土地を訪ねるというような余裕をほとんど失っている。湯河原は温泉場である。

しかし、私が両親姉兄妹と東京の浅草から疎開をして来た昭和十八年には温泉へ泊まりに来るような客はなかった。太平洋戦争の真最中で、いくつもの旅館が軍の指定を受け、傷を負ったり病気にかかった沢山の兵隊が入っていた。昭和十九年になると、それ以外の旅館に「集団疎開」の小学生が次々と入って来た。ある旅館は大森の小学校、別の旅館は上野の小学校というように小学生の人口が一挙に増えて、通常なら彼ら同士、あるいは地元の私たち小学生との間で、大いに喧嘩《けんか》があっても不思議でない状況になったのだが、そういうことはごく少なかった。小学生も疲れていた。勤労奉仕、鉄拳教育、食糧不足で、多分それどころではなかったのである。

今度の取材で逢《あ》った箱根屋（湯河原でも指折りの宿で、先代は町長を長く勤められた）の御主人八亀《やかめ》さんによると、敗戦になりすぐ営業をはじめられたのは小学生を入れていた旅館で、傷病兵の方は、帰って行く彼らの一部によって日用品から蛇口のようなものまで持ち去られ、すぐ補給のつく時代ではなかったので、相当な苦労があったとのことである。

それから上向きの時代が来る。

町立の新制中学の生徒であった私は教室で「湯河原にとって温泉へいらっしゃるお

客さまは大切な方々である。アヴェックを見たからといって、決してからかうようなことがあってはならない」と先生から注意された。

つまりアヴェックが珍しかったのである。昭和二十五、六年までは、身を寄せ合った男女を見ると、からかわぬまでも、心安らかではなかった。

そのうちそんなことはいっていられなくなった。熱海《あたみ》・湯河原が関東の新婚旅行のメッカになりはじめたのである。昭和三十四、五年から四十年頃が温泉場の全盛期であった。新婚とは関係がないが、芸者さんの数も五百人をこえた（現在は約二百人）。わが家は風呂がなく、近所の家の小さな風呂に入れて貰《もら》っていたのだが、そこでやはり貰い湯に来る芸者さんと一緒になることもよくあり、時には二人きりにもなり、高校生ともなると身体の一部が変化して来て、かくすのに苦労したりもした。

わが家はそこでどのように生きていたかというと、美容院だの指圧療院だのいくつかの職業を経て、高校二年のころからはパチンコ屋をはじめていた。私ははじめそんな商売がはずかしいように思い、遠慮がちに、やらないで欲しいと父に申し出たりしたが、結局はそのおかげで大学へ進むことが出来た。父の行動力に比べて、自分がいかにつまらないお体裁屋であるかと身に沁《し》みたころであった。高校の後半は、帰るとパチンコの玉を水洗いし、大型の中華鍋《ちゅうかなべ》に入れて火にかけて乾かし、布袋へ入れてみがくという作業をくりかえした。パチンコ台の裏で「出ない」と怒鳴《どな》る客の声に右往ない。

左往したりもした。そのせいかどうか、未だに私はパチンコというものをしたことがない。

そんな湯河原での生活も、それ以前の浅草での暮らしも、私はドラマの材料にしたことがない。どうやら私は、体験をそのまま活力にして物語をつくるタイプではなく、体験しなかった世界への憧《あこが》れや想像をバネにする方が活気づくタイプのようなのである。つまり、自分の体験をあまり愛していないところがあると思っていた。

しかし、今度湯河原を訪ねて、わずか三年の間におどろくほど変貌《へんぼう》しているいくつかの場所を見ると、人並みに胸をうたれているのであった。かつての姿を愛惜《あいせき》しているのである。

湯河原は、長い間実に変わらなかった。

日々変貌する都会で暮らしていて、たまに湯河原を訪ねると、何よりもその変化のなさにやすらぎを感じていた。しかしそれは、私が湯河原のあちこちを歩かず姉の家までのバス道路の周辺しか見ていなかっただけのことであり、変化は当然のことながらいたるところで進行しており、この三年でそれがバス通りにまで及んだということなのであった。

道路の幅を拡げるのは厄介である。したがってなかなか手をつけられなかったが、この三年で大きくそれが行われているのである。あちこちで商店が後退して、道が広くなっている。後退した商店は、すべて新築で今様に小綺麗《こぎれい》で、かつての温泉場の匂いを消していた。

「急にここンとこってわけじゃないさ。三年前だって昔から比べれば大違いだよ」と義兄はいう。多分そうなのだろう。しかし、私は変化を見たがらなかったのだと思う。自分の病気を認めたがらない人のように、逃げ回っていたところがあったのだと思う。道幅が狭いうちは、まだその幻想を保つことが出来た。しかし、今度は目をそむけようもなく、あちこちで道が拡がり、その上いつもなら行かない場所——二十年ぶり三十年ぶりという場所へ足をのばしてしまったのである。

すると、変貌はおどろくほど進行していた。かつての蜜柑山《みかんやま》が造成されて広大な分譲地となり、同行してくれた友人のKさんの新居もそうした土地に建てられていた。Kさんは、旅館の経営者だったが廃業してしまった。お話を伺《うかが》いに訪ねた前記の八亀さんの旅館もいまは営業をしていない。聞けば多くの有名旅館が杉並区の寮であり、足立区、千代田区、港区、新宿区の保養施設になっているのであった。「東京都湯河原町だよ」とKさんは笑った。

「いや、それでも旅館の数は、それほど減っていないのですよ」と訪ねた町立図書館の高橋さんは、旅館の増減の表を見せて下さる。なるほど意外なほど全盛期と変わらない。「営業内容が問題なわけですが、みんな頑張《がんば》っています。蜜柑の方もね」

そうなのであった。湯河原は、蜜柑の多量生産の北限地帯でもあり、かつて私も「供出する」蜜柑を、終日家族で箱へ詰めた記憶がある。その蜜柑の値が、とても低くなっているそうなのである。「キューイフルーツなどをつくりはじめて、なんとかきり抜けようと、みんな一所懸命です」

そういう話を聞くと、愛郷愛校などという情熱を薄くしか持たない私も、一人でも多くの人に、温泉の楽しみを思い出して貰いたいと思う。あらたに知って貰いたいと思う。蜜柑の自慢（?）もしたくなる。事実、湯河原の蜜柑は、そんじょそこらでは味わえないおいしさなのだ。

帰る日は雨になった。電車を待ってホームに立つと、そのホームが実に変わっていないことに気づいた。私は短く、高校生の自分が、一緒に小田原へ行く約束をした女子高生を待っているという錯覚を楽しんだ。

（一九八四年）

IV

家をめぐって——男が振りかえる時

「いよいよ駄目だ、いよいよ私の家も流されると分った時ですね、最後だ、最後にもう一回家の中へ入りたい。そういう気持がとても強くなりましてですね。そういう事を、警備している方たちに申入《もうしい》れたわけです。警察だったか消防署だったかの人が、それじゃあお入り下さいと。数分です。男の人、戸主の方ひとりだけが入って、どうぞ貴重品をお取り下さいと。しかしこちらはもうあなた、貯金通帳とか証書の類はすでに持って出ておりますから、今更なにかを持ち出そうという気持はない。惜《お》しいものがないわけじゃあないが、それをいい出したらキリがない。とにかく濁流に流されるに決まったマイホームにですね、別れをつげたかった。中へ入って別れをつげたかった。入るとあなた、ものすごくこう床が揺れてるんです。そりゃもう地震のように揺れている。ガタガタガタガタ。もうつまり土台の下がどんどん濁流にえぐられているんです。こりゃあ、いつドーッと持って行かれても不思議はない。額《がく》が揺れています。棚からお茶の缶が落ちたりする。怖いはずだが、怖いっていう気持はない。ああ、終りだ、この家も終りだって、カーッとして、あっちへ行ったり階段あがったり、とにかく全部の部屋を見届けるっていうのか、走るようにして触ったり畳叩いたり、なるべく早く出て来て下さいなんて、ハンドスピーカーが怒鳴《どな》ってるのが聞えて、もう動転しているというかなんというか、それから私がなにをしたと思います？」

昭和四十九年の九月、狛江市の多摩川堤防の決壊で家を流された方のお話である。仕事の必要があって、数人の方からお話を伺《うかが》ったのだが、二年後の取材にもかかわらず、どの方の口調にも強い哀惜《あいせき》がこもっていて胸を打たれた。涙ぐむ方もいらっしゃった。

「ビールをね、冷蔵庫から出しましてね。今考えると、戸棚あけて栓《せん》ぬきをとって、栓をあけたんですねえ、覚えはない、とにかく台所から居間、その向うの和室と、ビールをトットトットッと撒《ま》き散らしたんです。お前も終りか、終りだな、さよなら、さよならさよなら、なんて今こうやってお話してると気恥しいようなもんですが、その時は夢中です。さよならさよならって――」

別の人は「臨終」を見なかった、といった。「とても見る気になれませんでした。もう仕様がない。手のほどこしようがない。ええ。避難した二中の体育館へ市の助役さんが来ましてね、名前を呼ばれた時は、ああ駄目だったかと、分りましたね。渡り廊下へ出て行って、御愁傷さまですがと流されたことを聞きました」

また別の人は「ええ、死に目にはあいました。ええ」とだけいわれて、暫《しばら》く黙りこんだ。

この災害で人身事故はなかった。しかし、流された家を語る人々の口調には、亡《な》くした子供を語るのに近い感情がこめられていた。いずれもサラリーマンであった。サラリーマンに限らない。いまの多くの男たちにとって、家を建てること、一軒の家を持つことは、私生活での最大の仕事であり、漸《ようや》く獲得した、もしくは獲得しかけている「わが家」を失うことは、当然のことながら単に物質としての「家」を失うだけのことではない。哀惜は自然である。

自然なのだが――。私は聞きながら、私の中の別の感情が呼びさまされていることに気づいていた。他人の不幸を聞いて、きいた風な解釈をする気はない。話して下さった方々とは無縁のことかもしれない。ただ、哀惜の言葉が、私の中に一つの感情を呼びさました。

家を持たない男たちの多くにとって「家」はいわば擬似ユートピアである。それはその細君たちの多くにとってもそうだろう。

「家が持てたら」沢山のことが解決するのだ。なにしろ家の中がもっと片づくし、狭い台所で鍋《なべ》の置き場所に困ることもないし、隣を気にして子供を叱《しか》ることもない。夜も今とはちがうものになるだろうし、大体おばあちゃんに二階のお部屋へ行っていただけるなんて、こんな素晴らしいことはない。たとえば蒲団《ふとん》は思いきり干せるし、たとえば花を植えようと思えば目の前に土があるのだ。それなら私も、やさしくなるだろう。すぐヒステリイを起こす、トゲトゲする、子供をサディスティックに叱るなどと主人はいうけれど、つまりはこの狭いアパートのせいなのだ。

家さえ持てたら、小さくても庭つきの一戸建に住めたら、どんなに多くの悩みが消えてなくなることだろう。

一方、男にとって、家を持つことは、なにかの証明である。一人前の証明。ぬけ目なさの証明。家族にするだけのことはしているという証明。時には、勤め先でのランク付けとは別の値打ちの証明という意味を持つこともあるだろう。

家さえ持ったら、現在背負っている心理的圧迫の少なくとも半分は消えてなくなるだろう。

やがて家を建てはじめる。もしくは建売りを見て歩く。その頃になると、多くの場合、細君の判断が力を持ちはじめる。亭主はついて歩くという形になる。亭主は「いいじゃないか」とすぐいう。細君は、「いえいえ、この流しは私の身長では低すぎて毎日使っていたら腰を痛めてしまう」というようなことをいう。壁を叩き、床を踏みしめ、階段の何段目がきしむなどという細《こま》かさを発揮する。

男は、どこか気持がこもらない。デパートで女房の買い物につき合っている時ほどではないにしても、主導権をおりている。家を建てたり家を買うことに不熱心なのではない。その具体的な細部に集中することをしないのだ。

私は、こうしたことを不動産業者から聞いた時、即座にその通りであろうという気がした。とりわけサラリーマンにとっては、家を建てることは精神行動的な趣《おもむ》きを呈する。建ててしまっても、その家は依然としてまず精神的なものかなのである。大体サラリーマンは、その家にいることが少ない。朝早く出て、夜おそく帰る。具体的な細部に熱心になれなくても無理はない。

更に、建てた家はおおむねアパート住いの時より都心からはなれている。通勤に往復四時間を費やすなどということが少なくない。それは家を建てたことで生じた欠点である。

ローンのために煙草《たばこ》を半分にし、バーはやめて、やきとりの立喰い、二級酒の立呑《たちの》みに変更する。これも家を建てたことで生じた欠点である。具体的な受益者は、細君や子供たちであり、亭主は彼らを満足させたという喜び、家を持ったという達成感など、多く精神的な受益者にしかなれない。具体的には労苦を更に背負い込むという形になりがちなのである。

自分には「あの家」がある。「あの家」に女房と子供を住まわせている。そういう満足感を他所《よそ》にいて（つまり仕事先にいて）噛《か》みしめるということになる。一緒にその家の日常を生きるということがない。

亭主はなかば、家庭という土地の不在地主なのである。

先日、ある小さなパーティでこんなことがあった。いや、ごく当り前のことなのだが、気がつくとその会場にいるのは男ばかりなのである。

私は外部の人間だが、そのパーティの主流はある会社の人々で占められていた。会長、社長、重役、部長、副部長、平社員と、小人数ながら階級序列すべて揃《そろ》っていて、社長は会長に気を使い、重役は社長に気をつかい、以下、下が上に細かく気をつかいながら、一見なごやか、自然な雰囲気をかもし出す一部始終を私は見事だとさえ思った。

その流れで、数人でホテルのバーへ行った。その中に四年間のヨーロッパ生活から帰ったばかりの青年がいて、日本では当り前のことだと充分承知しているのだが、それでも「男ばかりのパーティ」が異様に見えて仕方がなかった、といった。

うん、やっぱり夫人同伴が自然なのかねえ、しかし子供はそういう時どうするの？日本はベビーシッターを簡単に頼むというわけにはいかないからなあ、とよくある会話をしていたのだが、中に先ほどの会社の副部長の一人がいて「いや夫人同伴などということになったら、これは日本中悲劇だな」といった。

いまのパーティで、主賓に、ある品物を贈ることになっていた。ところが、その品物が寸前になって届いていないことに担当者が気づいた。急いでタクシーでとりに行っている間に乾杯が終ってしまった。その乾杯はビールや水割りでしたのだけれど、実は社長の意向で、シャンペンを用意してあったというのである。ところがそれを担当者ひとりしか知らなかった。

私はまったく気がつかなかったが、社長はかなり不機嫌になった。社員はピリピリし、担当者を何故《なぜ》誰かにシャンペンのことをいいおいて行かなかったのかと非難した。担当者は、会長、社長の出席するパーティでの明白な失態に青くなった。一同で、それを外部の出席者に気づかせないために、細かな神経をつかって、相当なエネルギーであったというのである。

「あんなことを女房と一緒に体験しなければならないなんて、まっぴらだな。女房に人事の面倒の中で右往左往させたくないし、する自分を見せたくもない。やはり家人は家に置けです」

それはそうだ、と私も思った。

私が彼の立場でも、女房とは無縁のことにしておきたい。もし、そこへ女房を出席させなければならないとしたらどうなるか。

社長夫人は会長夫人に気をつかい、重役夫人は社長夫人に気をつかい、以下同様の神経の消費が、うんざりするほどキメ細かく行なわれることだろう。その結果、女房は会社での夫の位置をかなり正確にとらえ、その目を通して家庭での夫をも見るようになるのではないか？

「そうなったら、家庭ってのは、なんですかね？」と彼はいった。

家庭がやすらぎとなるのは、会社と出来るだけ切りはなされているからではないのか？ 会社が評価する自分の値打とは別種の評価があるからこそ家庭はやすらぎとなるのである。会社が評価である。会社の評価はいわば社会の彼に対する評価である。しかし、彼には別種の魅力がある。会社や社会には分らない、父親として夫としての魅力がある。社会とは別の評価基準を持つからこそ家庭に、社会と拮抗《きっこう》するほどの意味があるのではないのか？ たとえば犯罪者を社会は犯罪者としてしか判断しない。しかし、母親や女房はそれでもその人間の善を信じられるし、無罪を信じられるし、その男を愛することも出来る。それは社会の評価とは別の評価基準を家庭が持っているからである。

社会が駄目な人間と決めつけると、家庭の人間もその判断に従い、一緒になって「お父さんは駄目だ」と決めつけるのでは、家庭の意味はないのではないか。

彼は信念のように、そう論じたてた。そう論ずる彼の気持は、実によく分ったし、それは原則として正論だと思った。しかし、なにかおかしくないか？

つまり、家庭が社会と拮抗し得る存在になるべきだという原則は、正しいとしても、それが細君をパーティに出さないという形で、家庭内に社会とは別の評価基準をつくらせようとするところに錯誤があるのではないか。とはいえ、私にはその感情の傾向がとてもよく分るし、自分もそうするであろうと思うので、批判という形をとりにくいのだが、「家庭」を「会社」から出来るだけ切りはなしておこうとすることが、サラリーマンを不幸にしているのかもしれないという想いも同時に湧《わ》いて来てしまうのである。

会社でのいやな事は出来るだけ家人の耳には入れず、男たちが「不在」であるということだけが家庭にとって月給に対する「見返り」であるということは異様なことではないのか？

「不在」の間に夫がどのような苦労をし、どのような喜びを持ち、どのような屈辱に堪えているかを妻は知らない。むしろ、構えて夫が、知らそうとしない。それを夫は「男らしい」と思い、そうしなければ「家でホッと出来ない」と思う。

男たちは、いわば家庭の純粋培養を目指す。金銭獲得という人生の大きな要素から、家人の目をさえぎり、男たちだけのパーティに出、家人にその修羅場の苦労を味わわせまいとする。

ただでさえ、男の仕事の実態が伝わりにくいサラリーマンという職業は、更に家人にとっては不分明なものになり、「不在」という事実だけを受けとめることになる。「パパはいないから」パパ抜きで多くの事をきり抜けなければならない。パパは帰ってくると「会社の面倒を家へ持ちこまないんだ。ママもつまらないことをいちいち相談するな」という。ママは「パパぬき」で一種の行動力を身につけるようになる。子供の教育については、完全にママが主導権を握り、パパは半ばもしくは完全にそこからおりてしまうというような事になる。「クラスの子が、どんな勉強をしているか知ってるの?」などと夫にいう。「パパはなんにも知らないんだから」

そういわれると、大体まかせっきりなのだから夫の方に迫力はない。「まあ、あまり勉強ばかりやるのも」などとボソボソいうや、細君はまくしたてる。誰々は××塾と○○塾のかけ持ちをし、誰々は代々木の日曜テストで五十番以内だったのと、子供の「実態」にまことに通暁している。しかし、その認識には、どこか偏頗《へんぱ》なところがある。その偏頗を「教育ママ」という形で、ジャーナリズムは揶揄《やゆ》したり批判をしたりする。

しかし、その偏頗は、実は夫の「純粋培養」に原因があるのではないか? 妻は夫の「不在」の間に多くの「教養」を積むことも、進学についての多くの知識を集めることも出来るが、金銭を得るという、人間が生きていく上での重大な要素については、知ることをさえぎられている。金銭を得るという行動を通してしか得られない多くの認識は欠落したままなのである。

サラリーマンである夫の「純粋培養」が、妻のリアルに世界と対するという姿勢を損なっているのではないか。

いやいや、これは夫の意志の結果であるより、サラリーマンという職業そのものが持つ弊害なのかもしれない。家人を金銭獲得の現場から、ほぼ完全にきりはなすという構造を、サラリーマンという職業自体が持っているのかもしれない。しかし、それに輪をかけて夫たちが「純粋培養」を誇りとし、願望としているのも事実である。

その結果、妻や子供は、金銭を得るということはどういうことかという事については、まことに観念的な認識（東大を出て大蔵省を目指すことが、現実的だなどという奇妙なリアル感覚）で世界を見ることになる。

現実を見る目が、少しずつずれる。夫を見る目も、子供の将来の判断も、「現実的」を目指しながら、少しずつ軌道をずらせて、現実を捉《とら》えないということになるのではないか。

しかも、それを修正すべき夫は、家人を背にして、社会を一手に受けとめようとつとめるばかりで振りかえろうとしない。

結果は、どういうことになっていくか？

こんな事があった。

ある仕事のスタッフに地味な人がいた。目立たない。会議をしていても遠慮がちに微笑するばかりでほとんど口をきかない。口をきくと見当ちがいのことをいう人であった。他のスタッフはその人を軽んじたし、軽んじていることをかくそうともしなかった。

しかし、その人は周りが軽んずるほど無能ではなかった。仕事の必要で、ある調査を頼んだのだが、結果は実に過不足なかった。彼を軽く扱う他のスタッフの何人かには、これほどの仕事は出来ないだろう、と私は思った。それを、その人にいったのである。励ましたかった。もっと胸をはってもいいんじゃありませんか、というつもりであった。

別の日、その人は遠慮がちに、私を家に誘った。実に断りにくく、私は即座に「お邪魔します」とこたえたが、同時にもう後悔をはじめていた。

めずらしく自分を認めた男に、軽んじられていた積年の恨《うら》みを聞かせたいというような事ではないのかと思った。しかし、それなら家まで行くことはない。その辺のバーで、聞いてやればいいことだ。

「どうですか?　渋谷あたりでのみませんか?」

私がそういうと「いや是非家へおいでいただきたいのです」という。一度行くといった以上仕方がなかった。

ところが遠いのである。渋谷から、国電、私鉄を乗り継いで二時間余りであった。道々私は、いろいろに想像した。

余程見せたいものがあるに違いない。たとえば、なにかのコレクション。会社でうとんじられている人が、驚くような見事なコレクションをしているなどという事はあり得ることだ。あるいは、家そのものだろうか。実は大金持の息子で、車寄せのあるような豪邸に住んでいるのかもしれない。あるいは家族であろうか？　そう。この人の奥さんは、どういう人だろう？　子供さんは、どういう人だろう？

ほぼ十年ほど前、ある運転手さんの家を訪ねたことがあった。北陸である。取材で一日走り回る必要があり、タクシーを一日いくらで借りた、その運転手さんは四十代の人だった。旅館のある大きな街へ夕飯時にも帰れず、つなぎに何処《どこ》かでそばでも食べて、もう一軒取材予定をすませて帰るか、という事になった時、自分の家が近いと運転手さんがいい出したのである。そば屋なんて、この辺にありゃあしない（ないこともなかった）、私の家で軽くなにかを食べて行けばいいというのだ。突然じゃあ奥さんも迷惑だろうし、用意もないだろうというのに、なにかまわないと、私たちは半ば強引にその人の家に連れて行かれたのである。

実に気持のいい家族であった。

中学生の娘さんと小学生の男の子と奥さんとがいて、嫌《いや》な顔ひとつしない。ニコニコと迎え入れてくれ、主人の意図を聞くと、じゃあ人数割りだよと、三人分しかない御飯とお菜《かず》を、六人分に等分に分けて、私らはまた即席ラーメンでも食べる。あなた方も旅館で食べ直せばいいのだからと、みんなで一膳めしを食べたのだが、なかなかこうはいくものではない。

私の家だったら、まず客を大事にしてしまい、あとで連れて来た私がなじられることになるだろう。とにかく電話ひとつかけたわけではない。いきなり客二人を連れて帰った主人に、一人一人が私たちの見ている前で（陰でコソコソということがまったくないのだ）見事に明るく気持がいいというのはショックといってもよかった。その上、家族がその主人を、いかにもたてているのである。台所の改造は、お父ちゃんがやったと、そんな事を口々に話すのだ。自慢気なのである。主人も、ひと回り大きくなったように自信あり気で、大声で何度も笑った。

台所の改造は、どう見ても素人《しろうと》のつくりだったし、家自体も粗末な造作で「子供が小さいうちだけだな」と同行したプロデューサーが、あとで口惜《くや》しまぎれにいったが、いかにもそうかもしれなかった。子供が成長して、世間での父親の位置を知れば、あの自慢気な敬意は消えてしまうのかもしれない。それにしても、「オレンチなんか、子供がもっと小さいのに、ああはいかない」「ほんとだ」。ユートピアを見た思いで、その夜は何度も「まいった、まいった」とプロデューサーと溜息《ためいき》をついた。脇道《わきみち》が長くなったが、そういう事かもしれないと思った。駄目な社員が、素晴らしい家族を育て上げていることだってないとはいえない。

ところが、家は暗かったのである。奥さんと小さな男の子は、実家へ帰っていた。断っておくが、喧嘩《けんか》をして帰っているとか、別れ話が起きて帰っているというような事ではない。おそらく仲は円満で、奥さんがいらっしゃれば、羨ましくて胸が苦しくなるような光景があったのかもしれない。とにかくその日は暗かった。そして、豪邸ではなかった。豪邸ではなかったが、その人の目的は、家を見せることにあった。玄関のドアが既製品ではないことがまず説明され、玄関のたたきにうめこんだ石の説明、居間はもとより台所、風呂場、二階へあがって寝室、庭へ出て裏手の納戸《なんど》の窓の格子が陰惨にならないようにいかに工夫したかということにいたるまで、電話で頼んだういなぎが到着するまで、堰《せき》を切ったように、その人は話した（先年、その人は急性の肝炎で亡くなられた）。私はその熱心さに胸を打たれた。

あくまで私は、その人について何かをいおうというのではない。勝手に触発された勝手な思いだが、「家」という入れものに執するしかない人々も多いのではないか、という他人事《ひとごと》ではない怖《おそ》れを感じたのである。

家族に背を向けて、家族をまもりつづけた男が振りかえった時、家族は彼の不在のまま成長し、それぞれの人生を歩きはじめ、家を出て行く。

彼に対して心をひらくこともない。彼に残されたものは、入れものだけである。「家」という入れものだけが、三十年働いた成果として残っている。

勿論《もちろん》、こんな考えは、うがちすぎというものかもしれない。

しかし、流された家を語る人々の哀惜の強さから、私はそんな自分の未来の怖れを呼びさまされたのであった。「自分には家しかない。家しかないではないか」と既製品ではないドアを、ひとりで撫《な》でさするというような未来を、かい間見る思いがあったのである。

家庭という土地の不在地主であるサラリーマンに、そういう未来がないと、いいきれるだろうか？

（一九七八年）

運動会の雨

知っている子供のいない小学校の運動会に出掛けたことがある。テントの下の校長の横に座っていた。これは余り面白いものではない。たとえば綱引きを見ていても、どっちを応援するということもないのだから、自分の子がその中にいる時とは熱度がちがう。小学生だから、幼さの魅力に思わずひきこまれたりはしたが概しては悪いけれど退屈で、あといくつで終るかとプログラムの残りの種目を何度も数えていた。ところが午後になり、漸《ようや》くあと六つぐらいというあたりで薄日の射《さ》していた空がみるみる暗くなり「おやァ?」などといっているうちに四種目残して雨が落ちはじめ、あっという間に土砂降りになった。スピーカーが「先生方は生徒を誘導して下さいッ」「中断して待ちます。父兄の方も校舎へ」などと叫ぶ中を、銃弾を避けるように人々が走り、忽《たちま》ち誰もいないグラウンドに雨ばかりがしぶきをあげ、一向にやみそうもない。

「全員各教室に入りました」と若い先生がびしょ濡れで走って来る。テントの下は、

PTA役員、来賓、父兄などでぎっしりである。校長とマイクの傍《かたわ》らの教頭は立ったまま雨を見ている。テントの端からボタボタと雨が落ちる。「すぐやむ雨じゃないねえ」と誰かがいう。私にもそう思えた。「最後のリレーだけやろう」と校長が、決心したように教頭にいった。一年生から六年生までの選手が走るリレーである。

それがよかった。雨の中のリレーである。ころぶ子が何人もいて、ころばなかった子も泥まみれで、素晴しいレースだった。涙を拭《ふ》く大人が何人もいた。終って全員が雨の中に整列し、同じくずぶ濡れの校長が閉会の挨拶《あいさつ》をし、あとで考えると不思議なくらい大きな感動がグラウンドに満ちた。さっきまでの退屈な運動会が嘘《うそ》のようだった。あとで校長が「生徒もあの運動会は忘れないでしょう」といった。

雨は運動会には勿論《もちろん》不都合である。

誰だって雨は避けようと思う。しかし避けたから万事よかったかというと、そういったものでもない。不運にも雨に降られてしまった運動会が、晴天で支障のなかった運動会よりはるかに心に残るということがあるのである。その時のリレーにしても、ころばずに一番で走った子供たちより、二度もころんで、ひきはなされて、それでも走った泥まみれの生徒の方が強い印象を残している。

小さな体験から大げさなことをいうようだが、支障というものは避ければいいというものではないのだな、と思う。不都合は克服すればいいというものではない。不都合や支障が、どれだけ私たちを豊かにしたり深めてくれたりしているか分らないというようなことを思うのである。

不都合や支障がただ避けるべきもの克服すべきものとしかうつらない精神で見れば、足の遅い子勉強の出来ない子素直ではない子乱暴な子はなんの値打ちもない。出来ればそういう子はいない方がいい。目前の「負」の価値しか持たないものはなるべく切り捨てたいということになる。いまの日本の社会の基本的な価値観は、そういったものだと思う。時間なんぞというものも「なるべく有効に使う」のが善ということになってしまう。運動会の雨は、ただ不都合ということになってしまう。

しかし運動会の雨がただ不都合なだけではなかったように、通常マイナスと思えるもの、邪魔と思えるものが、実は私たちをどれだけ豊かにしているかということを思うのである。

「非行」もただそれだけを見つめればマイナス以外のなにものでもないだろう。それは、たとえば数字のゼロをいくら見ていても別の価値が生じようもないのと同じだが、もう少し深く視点を定めれば、5という数字にゼロがつくことで50になるように、マイナスでしかない「非行」も、われわれの社会を豊かにし深くする要素を含んでいるのではないかと思うのは、当面「非行」にとり組んでいない人間の呑気《のんき》ないい草であろうか？

非行で悩む中学の先生にお目にかかった時、地に足がついた感傷のない深い人間観に胸をうたれ、そう申上《もうしあ》げると「そう。わしらも非行で随分きたえられたからねえ。昔は歯の浮くようなことをいって甘かったけどねえ」とおっしゃったことなども思い出す。

社会にマイナスを愛するところがないと、マイナスはただマイナスであるしかなく、遂にはその社会を亡《ほろ》ぼすマイナスになるというようなことを考えるのである。

（一九八四年）

わが街・かわさき

川崎は内向きの町で、よその人が来てすぐ面白いというところは、いくらもない。東京の盛り場のように、ともあれ外向きの装いをこらし、行きずりの人も楽しめるというところがない。観光客などおそらく皆無だろうし、それ用のみやげもない。遠方から来た客には、東京へ遊びに行って貰《もら》う。

強いて案内するとすれば、川崎大師か、市民ミュージアムあたり、向ケ丘の民家園、岡本太郎美術館といったところだろうか。

しかし、そういったところに、川崎の本当の味はあまりない。川崎は住んでみて、ゆっくりよさが分る町である。三十七年も住んでしまった。ついでに悪さも分ってしまったが、まあなんにせよ完璧なものなどあり得ない。

私はよく歩く道の小公園の四季が大好きだが、よその人にそのよさがすぐ分るとは思わない。どこにでもあるような公園で、ブランコとシーソーとおすべりに砂場でほぼいっぱいになってしまう小ささだが、その脇《わき》を何百遍も歩いていると、時に心を奪われるほどの美しさを見せるのである。

それは新緑の朝だったり枯葉の夕景だったり雪景色だったり、やや離れた保育園の子供たちが雀の子のように賑《にぎ》やかに来ていたり、ぽつんとベンチに老人がひとりだけだったり、砂場の幼児と離れて泣いている若い母親だったり、夜の外灯を避けるようにキスをしている高校生の男女だったり、誰もいない台風の午後だったり、そんな時公園はひそかにあきれるほど美しく輝くのである。川崎は本当のよさを、住んでいる人にしか見せてくれない。幾分負《ま》け惜《お》しみも偏屈もあるが、川崎の輝きは、ちょっと来て見回しても分らない。

そう。住宅地に限らない。たとえば海に近い埋立地域の工場街。夜の工場の黒々とした輪郭《りんかく》。火を吐く細身の煙突（？）。操業をしている窓の汚れた大きなガラスを通した中の灯《あか》り。こんな美しさも捨て難い。しかし、それを見に来る人は少ないだろう。どうも川崎は、人に見られずに輝いてしまうところがある。

とはいえ、分りやすく綺麗《きれい》な川崎がないわけではない。川崎駅が変ってから、どのくらいになるだろうか。駅ビルが出来ただけではなく、地下街やデパートも出来た。「川崎じゃないみたいに」なった。続いて新百合ヶ丘も溝の口も変った。変って残念という思いがないわけではないが、結局のところ便利になったし、嬉《うれ》しい変化というべきだろう。しかし、古い商店街やアーケードがなくなって、綺麗なビルと広場になったというだけでは、川崎に住む人間としては幾分残念である。やはり川崎は大きな商業ビルの中の店では楽しめないという人の町でもあり続けて欲しいと思う。清潔そうで小綺麗で、言葉は丁寧《ていねい》だが、型どおりで、決して個人としての口はきかないというような若い店員ばかりの店では、つまらない。狭い間口の傾きかけたような店先に、無駄口の多いおばさんがいて、五百円のブラウスを更に五十円負けて売ってくれたりするような店をつぶさないで貰いたい。調子のいい時は銀座でも青山でも行けばいい。身をかくしたいような、うまく生きている人間の傲慢《ごうまん》を見たくないような時、川崎へふと足が向うという町でありたい。横浜も桜木町あたりの、ほとんど痛ましいくらい綺麗で大規模な町が中心になって行く。東京のお台場も大型の町である。汐留もそうなるという。

そんな街では、どこにも居場所がない、落ち着かないという人たちが、川崎に他町にはないあたたかさを感じて、集ってくる。やがて、寄席が出来る。古い映画をやっている映画館が意外にも繁盛しはじめる。おじさん向けのファッションもたっぷりある。安い。老人も少しも場違いではない。コリアン・タウンも評判になり、焼き肉だけではない韓国料理のメッカになる。若い人も、思い屈した時には、なんだか慰められるような気がして足が向く。

というのは一住民の感傷的空想だが、少なくともそんな要素をいつまでも残した町でありたい。

とはいえ、街は変っていく。

私の住む住宅地も、ひところは私同様のオジサンとオバサンばかりのようになった。ある時期に家を持った連中が時を接して定年の時期を迎えはじめたのである。その頃には、息子や娘は成人して家を出てしまっている。

ところが、その世代が戻って来たのである。世帯を持ち子供が生まれるとアパートやマンションは狭い。戻って来て親の土地に二世帯住宅を建てるというようなことが増えてきた。

すると、一時はほとんど見なくなった幼児や小学生、中学生の姿が甦《よみがえ》りはじめた。夏に納涼の夕べというのが公園であるのだが、そこに集った子供の多さに、私は内心声をあげて驚いた。喜んだ。

これでは、老人を受け入れる盛り場を維持してくれなどと、こっちの都合ばかりはいっていられない。

街のよき変貌《へんぼう》、成熟を楽しみにしている。いくらかは参加して——。


（二〇〇一年）

妻たちの成熟

夫婦とか親子とかについて、ちょっとばかりきいた風なことを書こうとすると、いつもドストエフスキイの言葉が頭を横切る。

「諸君、誓っていうが、あまり意識しすぎるということは、それは病気なのである。(略)人間の日常生活にとっては、ありふれた世間なみの意識だけでも、十分すぎるくらいなのだ」(米川正夫訳『地下生活者の手記』)

まったく自分のことを考えても、妻とどうして一緒になったかぐらいは、なんとか病的でなく説明できても、その後どうして二十年も続いているかというようなことになると、その歳月を対象化し、意識し、その意味を問うようなことをすればするほど、自分がひどく異様なことをしてきたような気持になってくる。

文豪のいう通り、夫婦の日々などというものは、わがことながら見て見ぬふりをし、なるべく意識にのぼらせずにすます方がいいにきまっている、と思う。

ところが、今はそんなことは不可能になってきた。夫婦といったものについての「ありふれた世間なみの意識」が、すでに並大抵のものではない。「こんな夫婦ってある？」「これじゃあ妻の人生ってなんなの？」「そんなことで夫っていえる？」主として女性側からの問いかけに日々さらされて、多くの世間なみの夫婦も、ノンシャランに生きるわけにはいかなくなった。

「俺は外で稼いでくる。お前は家を守れ、子どもを育てろ」などという言葉を、気楽に口にできる亭主は、選ばれた少数になってきた。

補佐的人生、二次的人生を拒否する女性の気持は、年々強くなっていて、数年前の「問題」が、みるみる色褪《いろあ》せていく。

『妻たちの思秋期』（斎藤茂男）が話題になったのが、三年前である。このルポルタージュの前半は、主婦のアルコール依存症に関するものであった。「サラリーマンの夫が企業人間として上昇階段を昇ることに専念し、妻の心を振り向こうとしないことへの寂しさ、不満、あるいは漠とした『生きること』への目標喪失感などから」（同書）、アルコールにおぼれていく妻たちに光をあてたのである。それは、男たちに妻との人生を本気で考えなければならないことを警告し、スワッピングなどというものも、「妻があぶない」という空気に支えられて、場所を得たという印象がある。

そのころ私は、七〇年代の学生運動にたいして抱いた違和感と似たものを感じていた。

学生たちが騒ぎ出したころ、私は彼らの教師や大学にたいする要求の激しさが意外であった。たとえば「休講をするな、ちゃんと授業をやれ」というような要求があり、それらは学生としては実にもっともな要求であり、文句のつけようがないのであるが、それはつまり教師へ期待するものが大きいからこそ出た要求であり、自分の学生時代を振り返ると、頭から教師になんの期待もしていなかったことに気づいたのだった。もちろん、理屈としては、そのほうが異常であり、学生でありながら教師のあり方に関心がないなどというほうがおかしいのであるが、授業のつまらなさを抗議して、よいものにしようというような発想は、ほとんど皆無であった。休講があれば喜んでいた。大学へ行くということは、勝手な本を読みあされる自由な時間を持てることであり、金銭を稼ぐこととは無縁な人間関係のなかで生きられるということであり、授業は二つ三ついいものがあれば充分であった。だいたい、名講義が目白押しなどということのほうが不自然であり、いかにも手を抜いた授業に出会っても、どうせ世の中そんなものだろうと思っていた。

だから、学生たちの抗議は新鮮だったし、いわれてみればもっともだという気もしたが、どこか人間の真実について鈍感なところがあるという気がした。他者にたいしての期待の大きさにも、共感しにくいものがあった。どうして大学とか教師などというものに、それほど熱い感情を持てるのだろうと思った。

学生なら当り前ではないか、といわれればまったくその通りで、私の違和感のほうが理屈上はおかしいのであるが、なんとなく別の人たちという気がした。

これは少し無茶苦茶かもしれないけれど、妻の夫への期待についても、どこか私にはそれに似た違和感があった。夫婦なら夫に期待するのは当り前だといわれれば、大学と同様反論しにくいのだけれど、他者について人間の真実について、どこか盲目なところがあるというように感じてしまうのであった。いってみれば「亭主元気で留守がいい」というような妻の世界は何処《どこ》へいってしまったのか、というような感じがあった。

最近私は、仕事で「妻たち」三十数人に次々と話を聞く機会を持ち、数年前には妻たちの主感情であり得たアルコール依存症が、急速に過去のものになっていくのを感じた。妻がみるみる強くなっているという気がした。夫との関係を過剰に意識しすぎることなく、夫婦というものを、かなりリアルに捉《とら》えて、しかも投げ出さない強さが、妻たちのなかに着実に育っているという印象があった。まあそんな印象は別の「妻たち」に逢《あ》えば簡単にくつがえってしまうのかもしれないけれど、夫たちに比べて、妻たちの変貌《へんぼう》は間違いなく大きいように思える。そのことひとつとっても、夫婦というもののつながりの深さなど知れたものだという気持になってしまう。

（一九八五年）

夫もあぶない今年

はじめて初詣《はつもうで》をしたのは、昭和三十七年であった。間借りをしていた家の主人に誘われた。誘われたって一人なら行きやしないが、前年の秋、結婚をしていた。一家を構えると――実態はとても構えるなんてものではなく、普通の家の二階を小学校の先生夫婦と二分して借りていたのだったが、とにかく主観的には一家を構えた気分だったので、これからはあまり子供っぽくそうした誘いを断ってはいけないと考えて出掛けたのだった。

元日の朝である。歩いていける小さな神社で、混雑するとか屋台店が出ているということもなく、途切れ途切れにかしわ手を打つ人がいるだけだった。境内《けいだい》から冷たそうな多摩川が見下ろせた。私たちも手を打って拝むことになったが、私だけは目立たぬようにおじぎだけにした。

神社を拝むことに抵抗があった。戦争中の強制的参拝の反動か、気軽に拝む気になれなかった。

とはいえ、おじぎとかしわ手にいかほどの差があるわけもなく、ああこのようにして俗物となっていくのか、などと思った。つまり周囲に合わせ、自分をおさえ、俗物にならなければ、これから生まれてくるであろう子供を含めた家族が人並みに生きるのは容易ではないだろうという強迫があった。あれから二十年以上たつ。

去年の秋、イッセー尾形さんの「ひとり芝居」をみた。とても素晴らしい舞台で、一人でパーティでも野球でも現前せしめてしまう自在さであったが、そのプログラムに「紅白歌合戦」というのがあった。

一人でいったいどのように紅白歌合戦を見せるのであるかとワクワクしていたら、こたつの前でこれから紅白歌合戦のテレビを見ようとしている中年男なのである。お父さんである。なるほどと思った。

「はじまるよ。お母さんも台所いいから。もう、入場行進はじまっちゃうよ。秋子」などと娘を呼ぶ。「ふろ入る？　おまえはレコード大賞を終りまで見ているからそういうことになるんだよ。春男」。息子を呼ぶが、これも来ない。こたつの上のとっくりと小鉢の位置を直し「お母さん！」と呼ぶ。とにかく男は、家族全員でこたつを囲み、その中で一杯やりながら紅白を見たいのである。しかし、だれも来ない。来ないまま紅白は始まり、どんどん進行する。「森昌子はやっぱりうめえなあ」などというが、だれもこたえない。

ふろから出た娘がテレビの前を横切る。「ジュリーが出てるよ」と呼ぶが鏡の方へ行ってしまう。「お母さん、あとは『ゆく年くる年』になってからでいいじゃないか」でも、だれも来ない。男は、テレビに合わせて松田聖子の歌を歌ったりする。観客は男が哀れになる。しかし、一方で男の凡俗さグロテスクさにもうんざりし、傍《かたわ》らへ来て紅白を見たくない子供たちの気持も細君のこころもちもわかってくる。

男は酒を飲む。それから思いがけないことをいうのである。「わが家はいいなあ」と。「平和だなあ。なんだかんだいったって、一家円満だもんなあ」

妻の孤独も不満も子供の離反も自分の不幸も見まいとし、強引にしみじみ現在の暮らしを幸せだと断ずるところで終るのだが、見事なものであった。

イッセーさんは、あるいはそういう父親の鈍感さをより描こうとしたのかもしれないが、私にはその中年男の自己欺瞞《ぎまん》に共感があった。そうした錯覚に逃げ込みたい徒労感が中年男たちにはあるように思う。

「幸福になる条件」のように思って獲得に努めたマンションも電子レンジも子供部屋も、家族の意識を幸福にしていない。

「妻があぶない」などとマスコミはいう。「話を聞いてくれない」「気持を分かってくれない」「一緒にどこかへ行かない」と妻にも子供にもいわれる。いきなり最後通牒《つうちょう》をつきつけられる。非難されることが多い。

しかし、女房も子供も、自分のことばかりにかまけて、亭主の内面については冷たいではないか。まあ、そういうことをいわないのが亭主であり、男であったのだが、時代は動いているのである。

私は今年あたり「夫があぶない」という現象が出てくるのではないかと思う。「気持を分かってくれない」と泣き出す夫が増えたりするんじゃないかと思う。

（一九八五年）

男・女・家族

男と女のことなど分らない。家族についても立ち入れば分らないことばかりだというのが私の現状である。

開き直っているのではない。本当のところを知りたいと思う。知るのが怖いという気持もあるが、具体的な日常に関わることで非現実に陥ると、どんどん自分の影が薄くなるようで、あまり錯覚したまま生きたくないと本気で願ってはいるのである。

たとえば、若い女性からこういう話を聞いた。性行為にほとんど人を本当に結びつける力を感じないというのである。もちろん相手を選ぶが、それはテニスの相手を選ぶようなもので、到底心が結ばれたというようには感じられない。自分は「本当の恋愛に憧《あこが》れている。心を満たす関係を切実に求めている」というのである。

こういう話を普通の娘さんから聞くと、一九三四年生まれ五十七歳の男は、悲哀と当惑を感じてしまう。そんなに気軽に男と寝てしまうこと（その相手が自分ではないこと）についての悲哀と、性行為がそんなに重力のないものであるはずがないという当惑である。

自分だって妻との間で、ほとんどエロティシズムや罪障感なしの、いわばテニス同然の性行為をしているにもかかわらず、未婚の女性の気軽さには、ひそかに衝撃を受けてしまう。

若さの強がりなのではないか？　性行為から罪とか悪の感覚を排除しようとして成功した歴史があったろうか？　大体いまだって「有名人」の性行動がスキャンダルとして成立しているではないか？　あれに感応しているのは中年以上ばかりだというのか？

またたとえば、そんなに女性が気軽に寝るなら、性産業はどうして繁盛しているのか？　若い女性については置くとしても、若い男にとって性行為はいまだってそれほど気軽ではないはずである。だからこそ肝心なところをぼかした退屈な「アダルト・ビデオ」が量産され得るのではないか？

「断られた時の屈辱を考えて女を誘うまでにかける男の感情の消費量はいまだって大変なものだと思うな。決して多くの男たちにとっては、まだ性行為はそんなに気軽なはずはないな」とある若い女性作家にいうと、「そうか。女性はほら、もちかけて断られることは、ほとんどないから、そういう気持あまりないんですよねえ。そうか、男はそんなにやっぱり迷ったりためらったりするんだ？」と新鮮なことでも聞いたような顔をされて意表をつかれたことがある。こういう言葉がどのくらい現実を語っているのかが、正直いって私にはよく分らない。

また別の人の話。ある地方の女子短大の学生たちが、市に娯楽が乏しいために余暇に男と車で郊外のホテルや山中へ行ってしまうので、市の中心に彼女たちが「有意義に」余暇を楽しめる施設をつくることを役所が本気で考えているという。こういう話を聞くと、ああ男たちも、自分の若年の頃に比べれば、相当機会に恵まれているのだなあ、と思う。

更にもう一つ。女性のルポライターの話。東京のマンションに住んで、同じビルの夫人たちとつき合い、彼女たちの多くが夫以外の男と性関係を持っていることに驚いたという。こういうことを、どのくらい拡大して受けとっていいのかが分らないし、その同じルポライターが郊外の一戸建の地域に越し、そのあたりの夫人とつき合ってみると、こちらでは、ほとんどそんなことは考えられない空気で、差異の大きさに驚いたという。

つまり、たまたま耳にした話で、現実を捉《とら》えようというのは馬鹿気ているということだろうか？　たしかに、求めればどのような現実観も、それを保証する事実を手に入れるだろうし、結局のところ自分の見たいものしか見えないということかもしれない。

しかし、少なくとも二十年以前と比べれば、日本人の性は変化しているといえるように思う。性に対する緊張は大分ゆるんで、人々は性に過大な期待をしなくなった。幻想を持ちにくくなった。

たとえば、一度性行為をしたから結婚をしなければならないとか、高額の金銭的責任を負うことになるとか、そのようなことからは随分自由になった分、性行為で深い一体感を得ることも少なくなり、エロティシズムも希薄になり、性行為の相手とは必ずしも同じではない誰かに、心の充足感を求めてしまうというような事が起こってくる。

そうだとすれば、結婚に占める性の役割も、小さくなって来ているのだろう。図式的な物言いになるが、結婚が「家」の存続を中心に行われていた頃、人々の多くは夫婦の性の質に関心が薄く、戦後はその反動もあって夫婦の性の質が重視され、夫婦生活といえば性行動を意味する時期があり、それが次第に様子を変えて、この節は性行為は必ずしも結婚を必要とせず、心の充足感をこそ結婚に求めるようになって来たといったら、大ざっぱすぎるだろうか？　もちろん大ざっぱすぎる。このような要約に走れば、ドラマや小説を書く人間は自分の首を締めるようなもので、こうした要約から漏れるものこそが私の相手のはずだが、といって要約・抽象がなければどんなドラマも小説も書けないことも事実で、わり切らずにもう少し先へ進むことになるのだが、家族についても似たようなことがいえるのではないかと思う。人間が生物として「生きて行く」ということに限っていえば、家族の役割は相当に小さくなっている。幼少時の養育はまだ家族によらなければならないだろうが、それだって家族がなければ死んでしまうということはない。病身の老人についてもそうで、心理的なもの、深層心理に関わるもの、いわば「心」とか「魂」の充足に目を向けなければ、家族はなくても、生きて行くことは出来る。もっともこれは現在の日本の経済状況に大きく負っているので、状況が悪くなればたちまち家族の役割は大きくなるに違いなく、不安定な事情にすぎないのだが、だからといって見ないふりをするわけにはいかない。一時のことにせよ、他ならぬ私たちが生きている家族はそのようなものであり、いま私たちが家族に求めているものは、より多く心に関わるものであるように思う。

もちろん、家族との関わりがわずらわしく、経済的に独立したら家族との接触はなるべく避けたいと思っている人も多いに違いない。それが十代後半から二十代の人たちなら、当然のことだろう。しかし、そういう人たちも親との関係から遠ざかりたいだけで、どのような家族も必要としていないという人は少ないのではないだろうか？たちまち新しい家族をつくろうとしてしまう人も少なくないだろう。

社会が個人に求めるのは、多くその個人の断片的能力であり、営業のうまい人はその営業能力を、技術を持つ人はその技術を求められる。しかし、それ以外のその人が持つさまざまな（豊かかもしれない）個性については関心を持たれない。必要とされた能力が衰えれば、大抵の場合その人物は社会的には無か邪魔者になってしまう。

そのような扱いに耐えられるのは、社会の要求にこたえることに多忙な一時期か、社会的な挫折を知らない少数者、よほど孤独に強い人、厭人家などで、多くの人は、社会が必要とする能力があるとかないとかと関係なしに自分に関心を持ってくれる人間を必要としてしまうのではないだろうか？

そのような相手が必ずしも家族である必要はないが、友人とか恋人というような関係はその結びつきの強度を互いの気持に頼るしかなく、気持は大抵の場合不安定なので、多くの人は血縁とか結婚という制度で保証された関係を必要とするのだろう。

もしこのように現在の家族が、生物として互いに生存して行くための結びつきであるより、他では求められない心の充足のためにあるとすれば、あまりその目的を果していないという意見もあるだろう。それにしては、家族同士が開いていないではないか、と。むしろ家族は、本音を隠し、あたりさわりのないことをいい合い、お互いに深い関心を持っていないことの方が多いのではないか、と。

たしかにその通りだが、家族外の社会はそれにも増して水くさい社会であり、その結びつきは更に頼りなく、多くの人々は家族や夫婦の結びつきの薄さを歎きながらも、その関係を捨てることが出来ず、血縁であること、籍を入れていることなどに、なにがしかの心の安定を求めているのではないだろうか？

経済的に厳しい社会であれば、金を稼いで来ることで父親が得たであろう自然な敬意も、妻もその気になれば経済的に自立し得るとか、子どももアルバイトの口に事欠かぬとかという状況では一向に醸成されず、コンビニエンス食品が出回って、誰がつくってもある水準に達するとなれば、母親の味も子どもがつくった味も似かよってしまい、洗濯は洗濯機、アイロンはクリーニング店というようなことになっては、母の輪郭《りんかく》も一向にはっきりせず、家族を結びつける日常の諸々《もろもろ》の必要は、ますます力を失っている。子どもが小さい頃の両親の存在の大きさなどということが大げさに強調されるのも、家族を結びつけるそのような必要が次第に少なくなっていることの反映であって、たしかに家族は解体に向っているという他ないかもしれない。

にもかかわらず、私たちが家族を捨て切れないのは、社会的な価値基準で「役立たず」と判断されてしまった時、もし家族的なるつながりがなかったら無になるしかない社会に私たちが生きているからであり（地域社会というようなものが存在すれば、都会で失敗した人間が、その小社会で別の存在理由を見つけるということが可能だったが）、家族だってそういう人間を「無」として扱わないという保証はないのだが、他の結びつきに比べれば、まだしも一人の人間を匂いも臭みも汚れも癖も持つ存在として対してくれるのではないか、という期待を捨て切れないからではないだろうか？誰も家族に多くを期待してはいない、しかし家族的なるものを捨て去って動じないほど幸せではない。

ペシミズムが過ぎるかもしれないが、多くの家庭は、家族に深い人間関係など期待していない。たとえば親と子が殴り合いをするほど熱い感情を持ち合うことは少なく、立ち入らぬことでの平穏を選んでいる。夫婦も、二人の関係の深化、高揚のためには、相当のいい争いが必要だという局面でも、平穏を選ぶことが多いのではないだろうか？

つまり、家族が生存の必要より心の充足のために求められているということが事実だとしても、本来の意味での「和気あいあい」を実現している家族は少なく、多くは本音を隠すことで「和気あいあい」を演じ、それでも演じる場所があることに「やすらぎ」を得るというあたりが実際なのではないだろうか？

裏返せば、本音をぶつけ合わなくてもなんとかやって行ける社会に私たちは生きているということであり、人と深い関係を持たずにいる淋《さび》しさをまぎらす程度に、さまざまな慰安を持っているということでもある。

くりかえすようだが、私たちは家族を捨て切れず、心の領域ではますます切実に家族的なるものを求めながら、一方で家族との深い結びつきを求めていない。深く関われば、深い喜びを得るかもしれないが、一緒にやりきれない泥沼にも踏み込むことになるやもしれず、それなら疑似的な「和気あいあい」を選んで平穏を維持する。したがって家族的なるものの中にいても、孤独感は消えないが、自我に立ち入られるよりはましだと考える。

たとえば老夫婦の多くが、子どもの世話になることを期待していないという。無論子どもが世話をしてくれれば助かるに決まっているが、頼んだことで浮上するかもしれないさまざまな暗闇《くらやみ》を避けたいということだろう。介護が長びけば子ども夫婦の仲がまずくなるかもしれず、あるいはひそかに親の死を願う気持が子どもに湧《わ》くかもしれず、そのような闇を見るより、たまに来て「親孝行」を演じる子どもと、あたりさわりのない平穏を維持している方がいい、と考えるのは無理もないだろう。福祉の世話もないわけではなく、テレビがまぎらせてくれる時間もあり、いざとなれば病院があるから、子どもとの関係がほとんど断絶していることもあまり露骨にならずにすんでしまう。

それは、いまの日本より生きることの難しい社会なら体験したかもしれない沢山の場面を避けて生きることでもある。余儀なく介護し、されることでの嫌悪、屈辱、無念、相手や自分の中の醜悪を見ずにすむ日々である一方で、余儀なく介護し、されたからこそ生まれた深い感情をも避けることにもなる。他者の老いや死を身近に見つめる機会を逸することでもあり、ことによると他者との深い結びつきを味わう機会を失うことでもあるかもしれない。

しかし、私たちは、いまの平穏を選ぶ。また、選び得る。

多くの深い感情をも逸してしまっていることを、心の隅で感じながら、平穏を選んでいる。自分たちの日々がどこか安っぽいものであるという意識を持ち、人間関係もどこか擬似的で浅薄で、本当の快楽、本当の満足は、もっと泥沼、暗闇に踏み込んだあげくでなければ得られないのかもしれないと思いながら、とりあえず泥沼、暗闇を避け得るために避けて、平穏を生きている。

家族関係だけのことではない。むしろ、家族をとり巻く社会がそのようなものであり、その反映が家族にも及んでいるというべきかもしれない。会社内での人間関係が悪ければ、転職してそれを避け得る時代だし、人事に関わる人間が配慮して別の部署につけるというような経営がなされる時代である。そりの合わぬ上司にとことんいびられて、それでも耐えてその上司の通夜の席で、しみじみなつかしんでしまうというような物語はリアリティを持たなくなり、上司も否応《いやおう》なしにあまり部下に対して無意識ではいられなくなっている。例外は無論あるが、多くの場合、激しい対立は回避され、従って劇的な和解などということもなく、なにより平穏が維持される。

無論、平穏を維持し、暗闇、泥沼を避けようとするのは人間の自然である。しかし、ある時期から、私たちはやや神経症的に平穏を求めはじめたということはないだろうか？

舗装されていない道路の多い頃には、なんとか靴《くつ》を汚すまいとはしたが、限度があった。輝くように光らせて歩くということは不可能であった。しかし、土の道がなくなれば、それが可能である。更に自宅から、たとえば会議のあるビルまで車で行くというようなことになれば、小さな汚れもその気になれば回避出来る。すると、小さな汚れもつかないように努め、小さな汚れにも神経質になる。

われながらあまり上手な比喩《ひゆ》ではないけれど、暗闇、泥沼を（主として経済的な事情で）避けれれば避けられる状態が続いて、私たちは小さな暗闇、小さな泥沼も避けようとしはじめたように思う。

たとえば六〇年代に、青年と中年がいい争うのを見て誰が気にしたろうか？　そのような光景は、どこにでも見られたし、むしろ青年と中年が和気あいあいと酒を呑んでいる方が異様に思えた。

しかしいま、青年と中年が酒場で激しくいい合うのを見たら、多くの人々は嫌悪の目を向けるのではないだろうか？　若い人たちの間で暗い話が忌避されると聞いたのは四、五年前であろうか？　テレビドラマの企画会議で、とにかく暗い話は駄目だ、はじめ明るく、中間も明るく、最後も明るくとジョークのような要求が本気で口にされるようになったのも、当然その頃からだろう。

ドラマの終盤が輝くためには、中間に暗闇がなければならず、闇が濃ければそれだけ光の部分は「感動的に」なるなどという常識は一蹴《いっしゅう》され、とにかく暗いのは駄目なんだ、終りが特に感動的でなくてもいい、適当にほのぼのすればいい、誰もドラマに深い感動なんて求めていない、なにかに踏みこもうとか立ち入ろうとか、そんなことは視聴者には迷惑で、ドラマから現実の見方を教わろうなんて思っていない、ただ軽い気晴らしを求めているんだ、終始明るくてちっとも構わないんだ、といわれて妙に感心したことがあるが、たしかにこの数年のテレビドラマはおおむねそのようなものである。

不景気には喜劇が流行《はや》るという。しかしこの数年の日本を不景気とはいえない。生活も比較的明るいまま、テレビドラマにも明るさを求めているのである。対立や暗闇や泥沼は、フィクションでも現実でも見たくない。

これは明るさ症候群とでもいうべきものではないだろうか?

先日、民俗学者の宮田登さんのお話を伺《うかが》う機会に恵まれ、その折、宮田さんは三、四世紀の弥勒下生経という経典に書かれたユートピアがどのようなものかをお話になった。とにかく暗闇がないのだそうである。あたりは煌々《こうこう》と輝き、大地は黄金、白銀にきらめき、清潔そのもので、排泄物《はいせつぶつ》などはたちまち大地に吸い込まれて浄化されてしまう。病気も殺人も戦争もなく、人々は八万歳ぐらい生きて、巨大な肉体を持っている。

三、四世紀といえば日本は卑弥呼の時代である。その頃の中国で、極楽がそのようにひたすら明るく空想されたことは当然で、一方に暗闇も泥沼も不潔も不平等もたっぷりあったに相違なく、ユートピアをただただ明るい場所と夢見ていることが、そのまま現実の厳しさを語っている。本当にそんなにひたすら明るくて清潔なだけの場所が人を幸福にするだろうか、などとなまなましく想像することも出来ないほど、極楽は遠かったはずである。

「しかし、いまの都市はその理想郷に近づきつつあるんですね」と宮田さんはおっしゃる。排泄物をたちまち処理し、死を見えないものにし、夜を白昼化する。いかがわしい地域は排除して、どこへ行っても清潔で光があたり危険がない。「それが都市を追いつめています」というのが宮田さんの御考えで、たしかにこれでは人間の内部の暗闇は住むところがない。

人間は切実にいかがわしい場所を求めるものであり、人目につかぬ暗闇がなくては生きにくく、心と見合う穢《けが》れを持つ場所でなければ安らげない存在である。

三、四世紀ならともかく、現代の日本の都市計画に何故《なぜ》、暗闇、穢れ、いかがわしさが勘定に入れられないのか？

とにかくそれらのものはマイナスとして排除される対象でしかなく、そのことはテレビドラマの企画が暗さを忌避するのと見合っており、更に、社会生活での平穏志向、そして、家庭生活のあたりさわりのない関係の維持とも見合っているのではないだろうか？

つまり社会がマイナスと考えているものについての神経症的な嫌悪がひろがっており、マイナスの持つ豊かさ（何処《どこ》にマイナスだけのものがあるだろう）についての感度がますます鈍くなって行くというところはないだろうか？

先日、はじめての子どもが生まれた若夫婦がやって来た。男の子である。

若い夫婦が生まれた子どもに集中している姿は気持がよく、少しも非難する気などないが、小学校へ入るまでの計画を聞いていると、それはもう行き届いたものであり（どうせ生身の赤ん坊にそんな計算が思い通りに行くわけがないが）、乳児、幼児についての新知識も豊富で、一体どんないい子が育つことだろうとただ感心していたが、おそらくずばぬけた子どもが育つ確率は、そんなに高くはないだろう。育ったとしても、それは「なるべく両親が一緒にいる時間を多くしたり」する努力とはあまり関係がないのではないだろうか？　赤ん坊に淋しい思いをさせないとか、いい音楽を聞かせるとか、知的な刺激を早めにあたえるとか、そういうことはきっとある効果を見せるのだろうが、どこか人間の現実について鈍感であるような気がしてしまう。

ことによると赤ん坊の感受性を鋭くするのは、保育園へ受けとりに行くのがおくれたとか、夫婦喧嘩《げんか》をして子どもを暗闇にほうっておいたとか、忙しくてあまり抱いてやらなかったとか、そういう「マイナス」の経験かもしれないのである。

たしかに近代は「マイナス」の条件の下で育った子どもたちの悲惨を克服しようとして、なんとか「プラス」の条件を増やして行こうとした歴史であり、それをおとしめることは出来ない。

しかし、七、八歳の子どもが炭鉱で働き、十二、三の女の子が売春を強要されているのを救い出すというような状況なら「プラス」「マイナス」は明瞭だが、少なくともいまの日本の子どもの現実がそのように二元的に割り切れるはずがない。「プラス」と考えられていることが実のところあれこれ「マイナス」の要素を持ち、「マイナス」と考えられていたことが「プラス」の要素を案外豊かに持っていたというようなことは、いくらでも考えられるはずである。

にもかかわらず、まだ私たちは「プラス」のカードを揃《そろ》えようとしすぎてはいないだろうか？「明るく」「清潔で」「のびのびと」「いい学校で」「元気で」「豊かで」とマイナスに怖気《おぞけ》をふるいすぎてはいないだろうか？

子どもに関わることだけを、いっているのではない。

たとえば「何事もない」毎日の連続が、人々を不満にすることは、誰でも知っている。ある日、ひったくりにバッグを奪われたとか、人身事故で通勤の地下鉄に一時間とじこめられたとか、それ自体としては「マイナス」としかいいようのないことが「何事もない日々」に輝きを付与することを、誰でも知っている。それは一種の祭であり、日常を断ち切って日常を再生させてくれたのかもしれないのだが、そのような視点で「マイナス」を受け入れる姿勢を、ほとんど私たちは失いかけている。

死ぬより生きている方がよく、病気は癒《なお》すのが当然で、勉強は出来た方がよく、消極性より積極性がよく、弱いより強い方がいい、というような、ひたすら「プラス」のカードを揃えることの空虚を、私たちは感じていないわけではないのに、その呪縛《じゅばく》から逃れることが出来ずにいる。「マイナス」の海の浜辺に立って、泳げば溺《おぼ》れるかもしれないし、冷たさに心臓をやられるかもしれないし、廃油で汚れるかもしれないが、ことによるとプールなどでは味わえない喜びがあるかもしれず、魚や貝殻に出逢《であ》えるかもしれず、しかし消毒をしていない海に足先を濡らすのもためらっている。いっそ大波が来て濡れてしまえば入りやすいのだが、その大波もなく、サンダルをはいて砂の上で陽光を浴びている。

比喩の滑稽《こっけい》は大目に見ていただくしかないのだが、とにかく海へ入らなければ生きていけないというなら、ためらうもなにもない。しかし、いまはなんとか、わざわざ入らなくても生きていける。となれば、危険をおかすこともない。きっと海で泳げば、プールとは比較にならない豊かで深い喜びがあるのだろうが、塩水でべとべとするしね、ま、いまはプールでいいか、といったところで、私たちは生きている。男も女も家族も、暗部を避けて、なんとか目先の明るさを生きている、とはいえないだろうか？

ところで、男と女について、河合隼雄さんの新著『とりかへばや、男と女』は、さまざまな角度から考えるきっかけをあたえてくれた。オマージュは他でも書いたが、示唆されたことの一つに「留保」がある。たとえばこの本の鍵《かぎ》となる考え方の一つは「内なる異性」である。人は時に男であり時に女である。性行動において男であるからといって、どんな時でも男であるわけではない。女性も同様である。性行動で女であるからといって、いつも女であるわけではない。一人の存在の中に両性を具有すると考えるのが、リアルに近いのではないか？

もちろん私はその考え方自体からも教えられたが、ただそれだけなら別の本によることも出来たろう。より多く教えられたのは、そうした考え方の前後に書き添えられた河合さんの「留保」であった。

「内なる異性」という考え方に共感したとしても、すぐさま社会に向って「外在的に具体化」してはいけない、という「留保」である。急いでそのようなこと——つまり男が時に応じて女として振舞い、女が同じく男として振舞うというようなことをすれば、まだ日本の社会は非寛容かもしれない。社会を甘く見てはいけない。考えたことをすぐ具体化しようなどというのは浅薄なことだ。人間や人間が集まって生成している世界は、そのような浅薄なお先っ走りが立ち向えるほど弱くも安っぽくも単純でもない。大事なのは、男と女をそのような存在として捉え、内面の声に耳を傾けることだ、と。

更に別の「留保」もある。つまり、男と女を二分法で律し、「男らしく」とか「女らしく」とか「父らしく」「母らしく」というように固定的に分類して来た文化や社会がどんなに馬鹿気て見えようとも、性急にそのような秩序を解体しようとしてはいけない、という「留保」である。ことによるとそれは人間が生きてゆくために必要なフィクションかもしれない。「自由を求めるものは、自由の獲得のために自分の失うもののことをよく自覚し、それを補償する手段をよく考えていないと、極めて破壊的な結末を得ることになってしまう」と。

人間の暗部に鈍感になった社会にとって必要なのは、このような二重三重の「留保」なのかもしれないと思う。

かつて人々は苦労自慢ということをした。「私はこんなに苦労をした」と一人が話すと「なになにそんなものは苦労ともいえない。私なんざ」と上回る苦労話をして相手を圧倒する。すると横から三番目が「その程度なら恵まれているといいたいわねえ」と更に物凄《ものすご》い苦労話がなされて、まいったまいったと先の二人はひき下がり、とにかく一番人生からひどい目に遭った人間が一番上等のような感じになる。

それは自分より凄い逆境に耐えた人への敬意であり、自分より人生の暗部を見て来て、人間や社会や運命の油断ならないことを、より深く知っている人への敬意でもあった。「とりあえず暗い話は避ける」時代に、そのような自慢話が力を得る機会は少ない。しかし、どこかで私たちは切実に、そのような暗部についての「認識訓練」のようなものを必要としているのではないだろうか？

悩みともいえぬ悩みが大手を振り、善意ともいえぬ善意が光を浴び、悪ともいえぬ悪が大げさに指弾される社会のいかがわしさを感じている人は少なくないだろう。「戦争が起こって空襲にでもあってみろ」人の生命は地球より重いなんていってられるか、というような暗部への期待は時折口にされる。「物凄い不況になってみろ」とか「大地震が起きてみろ」とか。そういうことになれば、そんな甘いことをいってられるかよ、というように。

たしかに災厄が起これば、私たちは自分たちの浅薄について、さまざまに思い知るだろう。しかしもちろん、そのような極限の現実だけが「本当の現実」などということはない。

私たちの日々——いかがわしいものが流行し、暗部についての鈍感がひろがり、いまのところ多くのことが大事に至らずにすんでいるというような日々も、まぎれもない現実であり、そこでは多くの人が不可避的に浅薄なのかもしれない。不可避的に暗部の色合いに鈍感なのかもしれない。

そのような私たちに、河合さんのなさっていたような、用心深い二重三重の「留保」は、たぶん武器になるのではないだろうか?

男について女について家族について、言説は溢《あふ》れすぎるほど溢れている。しかし、私たちはそれらに「留保」をつけること。どのような言説にも「留保」をつけ、ただちに具体化しようなどと努めないこと。それだけのものを、男の現実も女の現実も家族の現実も秘めているはずであり、いたずらに神秘化することの弊《へい》は承知しているが、たぶんいま私たちが陥っている不可避的な浅薄は、そのような「留保」によってわずかに救われるのではないかなどと思うのである。まったく、男と女、家族は底が知れない。

（一九九一年）

V

松竹大船撮影所

昨年十月、松竹は大船撮影所の土地を売却すると正式に発表した。

私は二十代の七年間、大船撮影所に助監督として勤務していた。昭和三十三年から四十年までのことだから、もう三十五年も昔の話である。それでも多少の縁はあるので、売却に反対する社員たちから応援のメッセージを求められた。

悩んだが、どうしてもメッセージを私は書けなかった。大船撮影所はもう充分に役割を果たしたのではないかと思えてならなかった。むしろ、よくここまで維持したものだという気持の方が強い。

これは社員の生活上の問題とは別の話である。そちらは当然正当な保障があるべきだが、映画をつくる基地としては、一度死を迎えて再生を図る方が可能性は大きいように思えた。それはこの撮影所に敬意を抱くからこその気持である。

かつて外部から大船へ大物監督が映画を撮《と》りに来て、スタッフが実にいろいろな場合の対処の仕方を心得ているのに驚いたという話がある。

そのエピソードの一つは、クローズアップの話である。

白い壁の前に立っている女のクローズアップを撮ることになった。大写しである。カメラを覗くと、画面は女の顔と、背後に少しだけ白い壁が見えるだけである。監督は大写しのまま女をゆっくり座らせたかった。「いいですよ。でも」とカメラマンがいったという。「観客には座ったことは分りませんよ」

女の顔を正面から撮っていて、女が座るのに連動してカメラもしゃがむと、背景が白だから、ほとんど画面は静止したままで、観客は、女が座ったことに気がつかない、というのである。カメラマンは、よくそういう意地悪をいったものである。

「なんとかしろよ」と監督も意地になる。

実は、そんなことは前にもあって、カメラマンは方法を知っていたのである。ほんの少し女の動きより遅れてカメラがしゃがんだという。まあ実際にはカメラをかついでしゃがんだわけではなく、機械の操作だろうが、実に微妙なタイミングで遅れてみせた。それでクローズアップのまま、女の座ったことがくっきり分ったという。

どこまで本当か分らないが、こういう話が大船にはよくあった。

撮影所の良さのひとつは、この種の着想や技法が半ば伝説化して共有の財産になっていることである。

貸しスタジオでは、それぞれが一本の映画を撮って立ち去って行く。しかし、自社作品をつくり続ける撮影所では、スタッフは大半そこだけを仕事場にしているから、あれこれ先人の技術・方法が継承されて行く。一つずつの着想、工夫は特に「大船調」を物語らないが、細《こま》かな蓄積となると、いつの間にか味を持ちはじめる。

そして次第に撮影所自体が息づきはじめ、監督が誰であっても「ああ松竹大船の映画だな」という色あいが付与されて来る。東宝の監督が大船で撮ると、どこか大船の味がついてしまう。

そのような撮影所自体の持つ力を、大船撮影所は一時期存分に手にしたと思う。

そして、時代が動いた。大船の作品は減り続け、撮影所も少しずつ縮小されて行った。たまに訪ねると、淋《さび》しくなった撮影所の中を用件をはみ出して歩いて昔の面影を求めた。それは行くたびに少なくなった。

いつからか、私は撮影所が自ら死ぬことを求めているのではないか、という思いを抱くようになった。一つの時代を十全に生きた者が、次の時代に適応するのを拒否してしまうのだ、と。身を屈して変りたくなどないのだ、と。

予定では東京・新木場に新しい撮影所をつくるそうである。実現は大変だろうが、その方が大船撮影所の栄光を守ることになるような気もする。神奈川県からいなくなるのは淋しいが、新木場での傑作を心待ちしている。

（二〇〇〇年）

いたらぬ者はいたらぬことで救われる

なんであれ、それがどんな意味を持っているかを考える時、それがなかった時のことを想像してみるというのが、てっとり早いと思うのだが、テレビドラマについてそう考えることは、なにやら怖いような気がしないでもない。もしテレビドラマがなかったらどうか？（個人的には飯の食いあげだが、それはこの際別の話である）せいせいするね、淋《さび》しくてたまらない、ヨロコバシイ、子供がもっと本を読むだろう、家族に会話が復活します。いろんな事をいう人がいるだろうが、どうも「ない方がいい」という意見の方が圧倒的のような気がしてしまう。それには日頃さげすまれているテレビライターの被害妄想もあるだろうが、なんといっても、なくたってどうって事はないという事を体験的に私が知っているという背景がある。私の十代は、テレビドラマというものは存在しなかった。二十代に入ってそれは存在しはじめたが、私はテレビを持っておらず、二十代後半までそれを見なかった。たしかになくても一向に困らないのだ。しかし、どうもちょっとちがう。現在なくなったら、ちょっとちがうという気がする。

手前味噌《みそ》かもしれないが、たとえば江戸時代の人はチョコレートを知らなかったが、どうって事はなかった。しかし、ひとたびその存在を知り味を知った現在、それがある日世間から一切姿を消せば、かなりの人がその存在をなつかしむのではないか。人によっては飢餓感にふるえる人だっているだろう。

だからテレビドラマだってといえば、バカをいえ、あんなものがチョコレートと比べものになるか、と一笑に付されそうだが、仮にテレビというものはあって、しかし一切ドラマがないという状態を想像していただきたい。ニュースがあってクイズがあってドキュメンタリイがあって歌番組があって、ドラマが一切ない。ああ、それだって「どうって事ない」という人が圧倒的かもしれない。しかし、「どうって事はある」と思う人もいることはいる筈で(なんだか心細くなって来た)、テレビという巨大なメディアが、フィクショナルなものを求めなくなった状態は、かなり病んだ状態といわなければならない。などとすごむことになるのは、つまり旗色が悪いからだが、要するにいいたいことは、まさしくなくなってもどうって事はないということを骨身にしみながら、私はいつの間にか出会って十数年のテレビドラマが好きになって、あった方がいいと思っているということなのである。

そのわりにちっともいいドラマ書かないじゃないか、といわれると一言もないが、これでも多少ましなものをつくろうと考えてはいるわけです。と、こう文体がかわるのは、いろいろ屈折している証拠で、そういえば現在物を書く人間たちの中で、テレビライターほど精神の陰影に富んでいる人種はないのではないかと思う。わりと他の物書きは、表面はどうあれあっけらかんとハッピーなのが多いけれど、ひとりテレビライターのみは、いまだに地に這いつくばっているというような趣《おもむ》きがあり、次代の良質の精神は、この土壌から育つのではなかろうか、と暖房のとどかないテレビ局の隅《すみ》でしょんぼり担当の人が来るのを待っている時など「でも、未来があるぞ」などと少年のように目をあげてみたりするのだ。

でまあ、ドラマはあった方がいいと思うわけだし、ましなドラマを書こうと主観的には思っているわけだが、どんなものをましなドラマだと思っているか、というと、そんな事が一口でいえるわけもない。仮にいえたとしたって、肝心の作品がどうって事なければ、ただホザいただけということになってしまう。

だからこうしたものを書くのは本当に苦手なのだが、ただふっとこんな事を考えることがある。ドラマというものは、こまごましたことをねちねちと考えて行くものなのですね。あの女にふられて、この男はこっちの女へ行こうとすると、こっちの女ももはや、などという事から、あ、この男は朝飯を食べ損っているはずだから、とか、靴が汚れていて女がそれをちょっと見たらどうかとか、ああ電話がなければもっともつれるんだがなあ、とか、まったく天下の態勢とも衣食住とも関係のない絵空事をしつこく考えているわけです。すると横光利一の「いたらぬものはいたらぬことで救われねばならぬ」という言葉をよく思い出します。

まったく「いたらない」からこそ、こんな事を一日中考えていられるんで、もうちょっと精神が高かったり感受性が繊細だったり、生活力旺盛、遊び上手、二枚目であったりしたら、とてもこんな事はしちゃあいられないなあ、と思う。つまり、これは個人的なことですけれど、テレビドラマについても同じことが言えるんじゃないかな、と思うわけです。

いってみれば、この雑誌の読者が好んで見るようなものになったら、テレビドラマはおしまいだ、という気がするのです。

たとえば映画に比べて映像がどうの凝縮度がどうのというような事がよくいわれる。私も映画を見て、その通りだと思う。しかし、テレビドラマは、映画と同じ方向へ向っていては救われないんですね。全然ちがうものだと思う。つまり、映画に比べて「いたらない」とされている要素、小説と比べて演劇と比べて詩と比べて「いたらない」とされている要素こそ、テレビドラマの活力だというような事を考えている。しかし、まだそこらへんが、意識的な方法としてははっきり捉《とら》えられていない。捉えられていないから面白いとも思う。そんなこんなで、見事なテレビ論など展開している暇がないというのが実情なのであります。

（一九七八年）

異端の変容

朝から夕方までが、私の仕事の時間である。九時ころからとりかかり、六時ころまで働く。テレビのシナリオを書くという仕事が主な内容である。日曜はなるべく休む。

その習慣を聞いて、にわかに不信感を示す人がいる。「まるでサラリーマンじゃないか」という人もいる。あてがはずれたような顔をする人もいる。「そんなことはあまり人にいわない方がいい」と忠告してくれる友人もいる。

その反応の理由がよくわかる。

つまりは、もの書きがあまりに普通の生活をしていては面白くないのであろう。本物ではないという気がするのだろうと思う。人々が寝しずまった夜半に苦吟し、せめて昼までは床にいて、女性関係の二つ三つについて悩んだりしていなければ、いいものは書けないのではないか、という漠たる思い込みがあるのだろう、と思う。

私は、そうした思いを不当だとは思わない。シナリオ書きも、芸能界のはしくれに生きており、人々はそうした世界に、自分たちとは違う「はめはずし」を意識的にせよ無意識的にせよ、求めているのだろう。だから、その中の一人が自分たちと一向に変わらぬ生活時間をもっていると聞くと、その精神内容も自分たちとあまり変わらないのであろうと推測し、そうした人間に自分たちを楽しませ、感情を開放するようなものはつくれないであろう、と考えるのは無理もないことだと思う。

たとえば、永六輔さんの集めた『芸人　その世界』という芸人のエピソード集がある。そこに書かれている芸人の言動は、まことに「異端」の魅力に溢《あふ》れている。なるほど芸というものは、こうした人々によってみがかれるべきものなのだろう、という感慨を抱かせられる。そうした芸人観と似た「もの書き」観を根強く人々がもっていることに、よく気づかされるのである。

たしかに私も「行儀のいい」芸人や「行儀のいい」もの書きにいい仕事はできないと考えている。しかし、それは話の種になるような面白い言動があるかないか、ということとはなんのかかわりもない。いわんや、昼間仕事をしようと、夜仕事をしようと、これまたなんら実質的な意味はない。当り前のことである。

しかし、それが当り前とされない通念が流布していることも事実で、その一端を『芸人　その世界』のような著作が支えているのだろうと思う。

この本に紹介されているエピソードの多くは故人となった芸人のものである。そして、その面白さを読むうちに、なんといまの芸能人は常識的でつまらないことだ、という感慨にとらえられる仕掛けになっている。

たしかに、かつての芸人にひきくらべて、いまの芸人を見れば、不満だらけだろうと思う。「芸人」というものは、そんなものじゃないんだぞ、といいたくなるのだろう。おそらくこの本のモチーフは、そうした不満から発している。

芸人に限らない。その種の姿勢で現在を見れば、職人の世界も、勤め人の世界も、若者の世界も「昔にくらべて」なっちゃいないのが「現在」なのである。

しかし、私はその種の「ものの見方」には、どこかで現実を「逃げた」ところがあると思う。どこかで現実に対して盲目なところがあると思う。

過去から学ぶべきものはない、というのではない。現在が反省を要さない、というのでもない。しかし、過去を基準にして現在を裁くことは、あまり意味がないと思う。

喪《うしな》われたものは確実な姿をもつものである。たとえば、過去の風俗が、いまの風俗のとりとめなさ、浮薄さにくらべて「ほんものらしく」見えるのは、その風俗が死に絶えたものだからであって、現在の風俗にくらべて、浮薄でなかったからではない。

生きているものは、浮薄なものであり、汚れがちなものであり、たしかな「姿」をもちにくいものである。鼻つき合わせていたときの女房より、死んでからの女房の方が、より（美しくか、醜くかはわからないが）はっきりした「姿」をもってくるようなもので、かつての風俗の方が「地に足がついていた」などということはないのである。

しかし、そんなふうに思えるのも、人情にはちがいない。当今の一九三〇年代風俗の流行などというものも、創造性に乏しく批評性に強い現在の風俗製造者およびその周辺が、よりたしかな「フォルム」をもった風俗を指向した結果の現象であろうと思われる。

しかし、それが風俗として健康な形とはいえまい。それと同断で、過去の芸人と現在の芸人とをくらべて云々することは、決して芸人を励まし、活力をあたえるという結果にはならないと思う。むしろ、よかれあしかれ時代と共にあった芸人を妙に意識的にさせ、現実剝離《はくり》をさせることになりがちだと思う。

昔の芸人といまの芸人が違うのは当り前である。違うのは芸人だけではない。テレビタレントに、昔の芸人の爪の垢をのませたいといった種類の批判を聞くとうんざりする。昔の芸人のよさと符合した側面を賞《ほ》めあげ「そこに芸人がいた」というようなことをいわれると、なにやら阿呆らしい気持がしてくるのである。

何度もいうようだが、芸人のことだけをいっているのではない。

あるシナリオライターと会うことになった。酒をのんでよく人を殴る人だと聞いた。映画監督の誰々さんも、テレビのプロデューサーの誰々さんも殴られたというような話を聞いていた。その話をした人は、一種の畏敬をもって話した。池袋を愛し、おかまに惚《ほ》れられ、浅草のやくざと喧嘩《けんか》をして、十幾針も縫ったというようなことを、間に立った人はわがことのように、誇らしげに話した。

私はそういう話をきくとムラムラとする。自分にはそんなことができないから、屈折した羨望なのかもしれないが、よしてくれよ、という気持でいっぱいになってしまう。

白いシャツを着け、ネクタイをし、背広を着て出掛けた。めったに背広は着ないのである。しかし、そういうときは着たくなってしまう。相手がどうせ、ジャンパーかなにかで、のっそりと現われるのだろうと思うと、そんなものに調子を合わせるものか、という気持になってしまう。

会ってみれば、心優しい少しも不遜《ふそん》なところのない人であった。そんなものである。

池袋はいい、というようなことを低い声でぼそぼそという。浅草もいい、という。北陸の旧家が生家だそうである。そういうことを聞くと、またムラムラとなってしまう。

私も浅草が好きである。六区を歩き東映にぶつかって、国際劇場を横手に見ると、かっと血が熱くなるような思いがある。そのあたりを遊び場にして育ったのである。観音さまへ至る幾筋の道とか、仲見世のおもちゃ屋を歩くと、安らぎ、なつかしさといった感情が溢れるのである。

しかし、成長する過程では、むしろ浅草が嫌いであった。下町の生活がいやでならなかった。地下鉄で渋谷へ出て、青山あたりを歩くと、強い被疎外を感じ、いつの日かこうした土地の住人になりたいものだと思った。

育ちのよさもサラリーマン家庭もまったく無縁であった。軽演劇の役者が幕間《まくあい》に、かつらをつけたままかけこんでくるような支那そば屋の六男であり、ターキーとオリエに憧《あこが》れ、映画はスリの××ちゃんに連れていって貰《もら》い、よく家へ来たマッサージのおじさんの息子が、岡晴夫という人気歌手になってびっくりしたりするような生活であった。

そして、いまこうして書いてみれば、なかなか味のある少年時代のような気がしないでもないけれど、当時はうんざりしていた。なんとかこのがさつな人間どもの世界から抜け出せないものかと思っていた。

いまでも、山手《やまのて》育ちの男とか、地方の旧家の男などが「浅草はいいねえ」などというと「なにをいってやがる」という気持を押さえがたくなる。町場の暮しの嫌《いや》らしさも知らないで、「下町の人情は」などと野だいこみたいなことをいうな、という気持になる。木馬館がいい、などとしたり顔にいわれると、それも気に入らないのである。

ましてて見世物の復権などといって、アンダーグラウンドなどと呼称し、奇型の人々をひっぱり出して白粉《おしろい》をぬりたくったりしていると、ワーッと大声で舞台へとび出して、ぶちこわしにしてしまいたい衝動を感ずる。あんなものは見世物とはなんの関係もない一種の教養主義であり、それを知的好奇心で観にくる学生スノッブらに、あの人々をさらしたくないという思いが溢れてしまうのである。

もっともこんなふうに自分ばかりが浅草の訳知りのような物言いをするのも、滑稽《こっけい》には相違ない。その実、ろくに知りはしないのである。

ただ少年のころの体験というものは、一人の人間の感性、感情に意外に根強い影響をあたえているもので、いまだに浅草をほめる「他所者《よそもの》」に出会うと、心おだやかならざるところがあるのだ。

で、「そうですか、浅草がお好きですか。ぼくは山手の方がいいですねえ。そう、青山の昼下りなんて、なんともいえませんねえ」などと、そういうことをつい口走ってしまうのである。

その人は鼻白んだような顔で「そう」という。

そうなると押さえが利かなくなる。

「ぼくは無頼とかなんとかいって、ふた昔前の破滅型みたいなものを気取っているような人間に、現代をとらえる力はないと思いますね。おかまと寝たり、やくざと喧嘩したって、いまの人間の暗部みたいなものはとらえられないと思います。むしろ、平凡な日常に耐えに耐えてきたというような体験をもった人間の方が、把握力があるのではないでしょうか」

ぼそぼそした低い声に対抗して、ニュアンスのない甲高い声で、わざとていねいな言葉でぺらぺらとしゃべったことであった。

「だいたいいまどき、浅草が好きの池袋が好きのといっているのが、別にそれは個人の自由ではありますが、証文の出しおくれのような印象で、もし好きとおっしゃるなら、その好きという言い方に、いまごろいうようだがというニュアンスをおこめになる程度の神経がほしいような気がします。それに、あなたのことをいうわけではありませんが、当節のもの書きが、小市民から逸脱しているということで、人々の信用を得ようとするのは、いまだ効果的とはいえ恥ずべきことに思います。逸脱したいなら、こっそり逸脱すればいいので、多少ともそれを『異端者』であることの宣伝の具にすることは、いやしむべきだという気がします」

むろん、酔っていたのだが、その人に対しては実に礼を失したもの言いであった。その人は逸脱を宣伝に使うような人ではない、といま私は思う。しかし、その人の逸脱ぶりが間に立った人に効果をあたえていたことは事実で、それが私の癇《かん》にさわっていたのである。

しかし、その人は私を殴らなかった。私の負けである。私ばかり見苦しくわめき立てていた。

しかし、心にもないことをわめいたのではなかった。

私は俳優が、さも俳優だから許されるだろうという体《てい》で、自慢げに失敗談だの武勇伝だのをしゃべるのを聞くと、ムカムカしてくるのである。やるのは、ちっともかまわない。私だって、まあ、やらないわけではない。しかし、そんなことは、みずから喧伝《けんでん》すべきものではない、と思う。喧伝するばかりか、そうした体験で芸人としてハクがついたかのような口振りを聞くと、しつこくいって恐縮だが、永さんの本などが、おだててるからなあ、と思うのである。

おおむね以上のような心的傾向が原因で、私は仕事の時間を九時から六時までと決めているのである。ことさら「異端」を装いたくないと思う。本当の「異端」というものはそういうものではないと思う（もっとも私は本当の異端なんかではない）。

一体制派があり、反体制派がある。マイホーム主義者がいてアンチマイホーム主義者がいるというような構造は、もはや現実的ではないと私は思う。正常と異端、小市民と無頼といった公式を振りほどけないものか、と考えている。

（一九七四年）

銀座志願

あまりバカバカしくて女房以外には信じて貰《もら》えないが、二十三、四までズボンに夏冬があるのを知らなかった。

まだ独り者で、松竹の撮影所へ助監督として入って、それほどたっていなかったと思う。真夏にスタッフ試写があって、普段より多少ましな服を着る必要があった。私は父に買って貰った「一番いいズボン」をはいて出掛けたのである。きっと高いものだから、めったにはくまいと思って、アパートの押入れ深く箱に入れておいたのである。

試写がはじまる前に、試写室の前でスタッフ同士「お疲れさまでした」などと挨拶《あいさつ》をしていると、Hというプロデューサーの助手が、

「なんだ、どうしたんだ?」という。

「え?」

「真冬のズボンをはいて、どうしたんだ?」

ではなかった。

一瞬にして、私は悟った。あ、ズボンには季節に合わせて種類があるのだ！　やや大げさにいえば、それは目の前がまっ暗になるような衝撃的な経験だった。そんなことも分らずに二十三だか四になってしまったことに打ちのめされて試写どころではなかった。

ズボンはグレイのフラノで、あとにもさきにも一度だけ父がデパートで買って来てくれたのである。「おい、ズボンだ」と田舎の高校生の私にポンとくれた。よくサイズが合ったものだと思う。別にひきずりもせず、ウエストはやたらに太かったが、なんとかはけたのであった。

映画監督というものは、世間のつまらない事にも該博な知識がなければならない。趣味にも敏感で洗練されていなければならない。そんなことを、身に沁《し》みて感じはじめていた頃だったので、わが現実のあまりのひどさに途方にくれたのである。

ズボンの夏冬も知らない監督がいるだろうか？　ウエストかまわず、貰ったズボンをブカブカはくような美意識の男に監督がつとまるだろうか？　いずれもノーであった。これは、えらいことになった。どうしたらいいだろう、と帰りの電車を見回しても、私の知らないことが右にも左にもやたらにつまっているような気がして、恐怖のようなものさえ感じた。

何故《なぜ》そんなに物を知らないのか？

私の弁解は（女房には異論がある）親のせいなのである。父はおよそ人になにかを教えるというような人ではなかったし、本人もまわりをかまわなかった。母は早く亡《な》くなっていて、わが家の生活は、日々掃除がまあまあ行き届いて、暑さ寒さに対応出来（それとて夏冬のズボンの差を知らない程度である）、お腹が一杯になれば、他のことはどうでもよかった。

その父と別れて大学は一人暮しである。本ばかり読んでいて他のことには関心がなかった。他所《よそ》の家へ行って風呂へ入り、入ったあと「まッ、あの人は蓋《ふた》をしないで出て来たよ」とその家の婦人がいっているのを耳にして、あ、風呂というものは蓋をするものなのか、とはじめて知った。知るというより、そんなことは判断の問題かもしれないが、その判断がつかなかった。出る時蓋をしなければ、湯はさめる。あとの人が入る時に火をつけなければならない。そういうことに頭が働かなかった。

一種の低能かもしれない。といった上で弁解すれば、温泉場の貰い湯（これは蓋をしない。いつも湯が溢《あふ》れていた）と銭湯（これも蓋をするわけにはいかない）で育ったせいも多いであろうと思う。

いやいや、育ちや親のせいではなく、あなたがどうかしているんだ、というのが女房の説である。結婚したころ、ある日、異常に自分が周囲の空気に敏感になるという経験があった。身体のすみずみの感覚が鋭くなって、ちょっとした空気の動きにも反応するのである。頭がちょっとしびれるような、ぼーっとしたような感じがあり、出はじめのロバート・A・ハインラインのSFなどを読みふけっていた私は、自分に一種の超能力が宿ったのかもしれないと考えた。とにかく尋常ではない。「いつもと感覚が全然ちがうんだ」と家内にいう。家内も、新婚だから「どうしたのかしら?」と本気で心配する。

「ほら、あの襖《ふすま》の、あの細いすき間から風の来るのさえ分るんだ」

家内はいろいろ私のいうのを聞いていて、「熱があるんじゃないの?」といった。そうだったのである。三十九度ぐらいあった。「自分に熱があるのかどうかも分らないの?」と家内はとんだ男と一緒になってしまった絶望の声をあげた。

真夏に冬ズボンをはいていても、別に苦痛ではないくらい健康だったのである。長いこと風邪《かぜ》などひいたことがなかった。それが結婚して、実に久し振りで風邪をひいたのである。熱の感覚を忘れていても無理はない。「冗談じゃないわ。いくら久し振りだって、自分に熱があるかどうかぐらい、子供でも分るわよ」以後、女房は、私が物を知らないことについての諸々《もろもろ》の弁解を一切聞こうとはしない。「要するに、あなたは、どうかしているのよ」

これが他の職業なら、職業によっては愛嬌《あいきょう》というような事ですませるかもしれない。しかし、監督やシナリオライターになろうなどという人間にとっては愛嬌どころではない。ズボンの一件以後、深刻にその欠点を克服しようとつとめて来たのだが、世帯を持ってなお、女房が呆《あき》れるほど物を知らないというのは、重大なことであった。

ところが日常の些細なことについての知識というものは、なかなか本を読んでも身につかない。この場合、この娘役は「お茶をしぼっていいのだろうか？」そういうことが分らない。すぐ行き詰る。金持ちなどというものはもっとも苦手で、成金に見えないために細心の注意をはらおうとするが、本当の金持ちがどうなのか一向に分らない。さり気なく行こうとして、格もなにもなくなってしまったりする。

もうお分りだろう。こういう人間にとって銀座は、もっとも遠くにある街であった。勿論《もちろん》、映画館や本屋には行くが、買い物食事となると、自分のようなものを受けつけない街という思いがあった。受けつけないからこそ銀座なのであり、私のようなものが気軽に出入りする街になってしまってはいけないのだという思いがあった。

いまは多少ちがっている。私も半歩ぐらいは銀座へ足を踏み入れてもいいのではないかというくらいの気になっている。

それは木下恵介先生のおかげである。

その事については、沢山書きとめておきたいことがあるのだが、片手間に触れたくないという想いもある。ともかく、実になんでも知っていらっしゃる先生であった。銀座のお店へ、やや物怖じせずに入れるようになったのも、先生が連れ歩いて下さったからである。

しかし、まだまだ私の姿勢には、銀座出入りを志願している青二才というところがある。六十ぐらいになったら、気軽に出入りできるだろうか、というのが私の願いである。その前に、銀座が銀座でなくなってしまっては、困る。それが一番困る、と私は思っている。

（一九七七年）

口惜しい夏

今年は口惜《くや》しい夏であった。

自分のせいもあるので、何処《どこ》かへ怒鳴《どな》り込むというわけにもいかない。

一年前に十五歳の娘をアメリカへひとりでやった。やるまでの経緯は他にも書いたので略すが、とにかく「日本人のいない、面白くない所ならいい」ということで、東部のカナダに近い町の、そのまたはずれの修道院を兼ねた寄宿舎に入れたのである。隣接して高校がある。森の中である。私が連れて行ったのだが、さあ二人とも言葉がさっぱり通じない。娘は英語は得意だったのだが、相手にべらべらやられると、ぽんやりして途方にくれたような薄笑いを浮かべている。そこへ一人で置いて来たのである。ところが冬休みに帰れといっても帰らない。「夏に帰るわ。楽しくやっているわ」などという。そこまでは、よかったのである。

どうしてそこに思いがいたらなかったのか、と思うのだが、春から初夏にかけて、私はあとで悔むことになるテレビドラマを書いてしまったのである。そのドラマは、発端で高校生の男女が、家出をして同棲してしまうというものであった。

するとに俄《にわ》かに、周囲がやたらに「腑に落ち」てしまったのである。「そうだったのか、そういうことがあって、娘さんをアメリカへやったのか」そこまで露骨にいう人はいないが、それに近いいわれ方を、チラチラという人が何人も出て来たのである。十五の娘を一人で「あの怖いアメリカ」へやるというのが、腑に落ちなくて仕様がなかったのだ。

「そうじゃないんだ」と弁解したり怒ったりすると、いよいよ妙な空気になり、十五の娘を「事情」もなく異国へ出すということをとんでもない非常識と考えている人が、いかに多いかが分って来るのであった。

しかし仕様がない。自分で誤解の種を蒔いたのである。ただ夏に帰って来る娘には、こうした周囲の憶測を知られたくないと、かなり本気で思った。

娘は十六歳になって、真黒に日焼けして帰って来た。

十日ぐらいはよかった。それから、ある晩「パパ、春に書いたドラマをビデオにとってある?」といって来たのである。

「なんだ?」というと、「見たいんだけどな」という。「いいよ、見るなよ」というと「見てみたいのよ」と真顔でいう。

「どうかしたか?」

「見てから」とテープを出すまで動かない。

それから三日かけて娘は十五本のテレビドラマを黙って見続けた。

三日目の夜「実はね」と娘はきり出した。

「学校では私が同棲して妊娠して、おろしてアメリカへやられたというのが定説なんだって」学校というのは、中学と高校の一学期だけ通った私立の女学校である。

「そうか——」

「仕事にそんな気兼ねが出来るかといわれれば、それまでだけど、ちょっとパパに配慮が足りなかったと思うわ」

「うむ——」

「正直いうと、すごくショックだわ」

いいじゃないか、思いたい奴には思わしておけ。人とちがった事をすれば、必ずなんかいわれるもんさ、というような事をいいたいが、娘の憂鬱な顔を見ると、いえなかった。

娘は九月のはじめに、またアメリカへ渡って行った。成田で時間を待っている時「あの事だけどさあ」といった。「なんか、パパがほろっとするような事いいたいけど、やっぱり、あまりいい気持じゃないわ」といった。「向う行けば忘れるだろうけど」

「うむ」

で、この文章も、いまの私の気持のままに、歯切れの悪い終りになってしまう。

（一九七九年）

キッカケの男

　この頃は、テレビドラマのシナリオを書いてみようかという人も、わり合い増えてきた。そういう人たちのための講座も、あちこちでひらかれるようになった。十年前に比べると（まったく感じでいうのだが）三倍ぐらい需要が増えたような気がする。私はほぼ十年前にシナリオの書き方を教えたことがある。正確にいうと、とうてい教えたなどといえたものではないことになってしまったのだが、三カ月間四十人ほどの人に、一週に一度二時間講義をするという仕事を引き受けてしまったのである。

　どこかから声がかからないとたちまち食いつめてしまうシナリオライター稼業をすでに七、八年続けていて、三カ月とはいえ、一週に一度きちんと通勤するという「安定感」に吸引されるものがあったのである。

　ところが、引き受けてみると、どう教えていいか、さっぱり見当がつかない。人に物を教えたことがない。シナリオについての講義を受けたこともない。原稿用紙の書き方ぐらいは教えられるかもしれないが、それから先については、いっこうに見通しが立たない。いったい二十六時間などという多量の時間を、どう使ったらいいのか。「申し込み満パイで〆切《しめき》りました」などと係の人から電話があったりすると、ひざまずいて「すみません。実は能力がないのです」と詫《わ》びてしまいたい気持になったことであった。

引き受けて、最初に考えたのは、自分がもし教えられる立場だったら、どういう講義をして貰《もら》いたいか、ということであった。

それがいけなかったのかもしれない。どういう講義も受けたくないのであった。シナリオについて誰かにこう書けなどといわれ、その通りに書くなどということはうんざりだし、またいわれた通りに書けるものではない、と思った。

だいたい誰かがある物語をあるシーンからはじめようとした時、脇《わき》から私如《ごと》きが、ああしろこうしろなどと、どうしていえるだろう？　それは私の世界に引き込むことであり、その人の存在を薄くさせ、私の作品に似たものをつくらせることになってしまう。無論ある程度は、私だって自分をはなれることができる。その書き手の資質に合せて、それを生かす方向で忠告することができなくもない。しかし「自分を抑えた」忠告は、多分ありきたりだろう。自分に書けないことを相手に要求することになるだろう。そして、なにより、そういう指導に従順な人間を私は好きになれないだろう。

つまるところ、なにをどう書いてもいいのだ。でき上がりに魅力があればいい、人を打つものがあればいい。そして、そういう世界を持っているかどうかは、教室に来る前から決まっているのであって、教えて独自な世界を持たせることはできない。理想をいえば、本人も気づかなかった独自性をひき出して育てて行くというような教育もあり得るだろうが、三カ月四十人という場所で、そんな成果はまずのぞめない。つまりは一般論の世界にとどまるしかないのであって、しかし一般論で二十六時間も、なにをしゃべることがあるだろう。ドラマを書くというのは、いわば個別にこだわることであって——と講義のはじまる前に、私は疲れ果ててしまったのであった。

最初の講義に出て、私はプリプリしていた。いや、金を払って来てくれた人に悪いという思いがあって微笑を浮べようと努めながら、こういう講義を引き受けた自分に改めて腹を立てていた。

たくさん映画を見ることです、などといった。いい映画に打ちのめされたり励まされたり、悪い映画に怒りを感じたり優越を感じたりしているうちに、自分がなにをどう書きたいかが分ってくる。そうしたら書くことです、どんどん書くことです。即席でうまくなる方法はありません、というようなことをいいながら、次第に出席者の顔が見えてくると、その大半は私より年上の女性が多く、みんな姉か母のように微笑を浮べて寛大なのであった。朝日カルチャー・センターの初期である。

その教室で知り合った女性たちが、グループをつくり、未だに月一回逢《あ》う会を続けているという。ただし、シナリオとも私とも関係のない集まりである。その中の一人から、「本当にキッカケをつくってくださって感謝しております。中年になってからいいお友達が沢山できました」と手紙を貰った。ほっともしたが、講義の無効果をそれとなく伝えられたようでもあり、なぐさめられたようでもあり、つまりはキッカケになればいいのであれこれ悩んで講義することはなかったのかと憮然《ぶぜん》とするところもあり、ともあれ中年女性の方がはるかにたくましいのであった。

（一九八二年）

残像のフォルム

〔「日本の映像の中の家族」という課題で〕

ヴィム・ヴェンダースの映画「東京画」はヴェンダース自身のナレーションからはじまる。

「二十世紀になお〝聖〟と呼べるものが存在するなら、日本の映画監督小津安二郎の作品こそふさわしい」

そして、映画「東京物語」のタイトルと最初の尾道のシークエンスを背景にして小津作品が五十四本あること、その映画は最小限の方法をもって同じような人々の同じような物語を、いつも同じ街、東京を舞台に物語っていること、一九六三年十二月十二日六十歳の誕生日に小津が亡《な》くなったことなどを語る。

画面では、笠智衆と東山千栄子が東京へ出掛ける支度をしている。窓の外を隣家の細君、高橋豊子が通りかかる。

細君「お早ようござんす」
とみ（東山千栄子）「ああ、お早う」
細君「今日お発《た》ちですか」
とみ「え、昼過ぎの汽車で」
細君「そうですか」
周吉（笠智衆）「まァ今の中《うち》に子供たちにも会《おう》っとこうと思いましてなあ……」
細君「お楽しみですなあ、東京じゃ皆さんお待兼ねでしょうで」
周吉「いやァ、暫《しば》らく留守にしますんで、よろしくどうぞ」
細君「えっえっ、ごゆっくりと——立派な息子さんや娘さんがいなさって結構ですなァ。ほんとにお幸せでさあ」
周吉「いやァ、どんなもんですか」
（略）
細君「まァ、お気をつけて行っておいでなしゃあ」
とみ「ありがとう」
で、隣の奥さんが通りすぎて行くと——
とみ「空気枕《まくら》、ありやンしぇんよ、こっちにゃ」

周吉「ないこたないわ。よう探してみい――（と云いながら自分の荷物の中に発見して）ああ、あったあった」
とみ「ありやんしたか」
周吉「ああ、あった」

そして二人は支度を続ける。

やがて観客は老夫婦と共に、東京の子どもたちがちっとも「待兼ね」てはいなかったこと、東京で「ゆっくり」など出来なかったこと、それどころかこの旅の疲れで老妻は命を落してしまうこと、「ほんとにお幸せ」どころではなくなっていたことを見ることになる。見事な開幕である。四十代後半以上の人たちということになるのだろうが、日本の家族の映像といわれて、父笠智衆、母東山千栄子のこの映画を思い浮べる日本人は少なくないのではないだろうか。

ドイツ人ヴェンダースは続ける。

「小津の四十年にわたる作品史は、日本の生活の変貌《へんぼう》の記録である。描かれるのは日本の家庭の緩慢な崩壊と国民のアイデンティティの衰退だが、それは進歩や西欧文化の影響への批判や軽蔑《けいべつ》によってではない。少し対象から距離を置いて、失われたものを懐《なつ》かしみ悼《いた》みながら物語るのである。だから小津の作品は、もっとも日本的だが国境を超えて理解される。私は彼の映画に世界中のすべての家族の姿を見る。私の父を母を弟を私自身を見る。映画の本質、映画の意味そのものに、これほど近い映画は後にも先にもないと思う」

それからヴェンダースは、東京にやってくる。現実の東京と、笠智衆、厚田雄春（小津のカメラマン）へのインタビューで映画は出来ている。

「現実の東京には」とヴェンダースは、私たちには見馴《みな》れた東京をモンタージュして語る。

「脅迫的な、時には非人間的な映像が溢《あふ》れているので、かえって小津映画に現われる神話的東京の、優しく秩序ある映像が、いっそう偉大で崇高《すうこう》に思われてくる。混乱を増す世界に秩序を与える力を持つまなざし、世界を透明にするまなざしは、今や不可能なのだろうか？　小津にとってさえも」

ヴェンダースは東京タワーにのぼる。すると、そこに映画監督ヘルツォークがいて、眼下の東京を見下ろして「ここにはなにもない」という。

「映像に透明性をあたえるものは、なにもない。我々には、文明の現況と、我々の内面の最深部と、その両方に照応する映像が必要だが、地上に残っているイメージなんて、ほとんどない。ここから見渡しても、視界は全部ふさがっている。考古学者のように、映像をシャベルで発掘しなきゃならないが、この傷ついた風景から、なにを発見出来るだろう？　適切な映像の欠如というこの惨《みじ》めな状況を打開しようと、本気で行動する人は少ない。私は、それが手に入るなら、火星にでも行く。しかし、ここにはなにもない」

ヘルツォークは、東京を見捨てたように首を振る。いや、ヘルツォークらしく、東京どころか、ニューヨークもベルリンも北京も見捨てている。「もう地上には、昔のように映像に透明性を与えるものは見出せない」

火星にはあるかもしれないようなことをいうのは、いかにもヘルツォークらしいが、火星に、私たちの現況と内面に照応するどんな映像があるだろう？

「この地上にあるのさ」とヴェンダースは東京を見る。無論である。この地上になければ、何処《どこ》にあるというのだろう？「この地上にあるのだが、自分にはうまく掘り出せない」

ヴェンダースは、パチンコ屋を撮《と》る、駅の雑踏を撮る、街を撮り墓地を撮り子どもを撮る。しかしそれはテレビで日々消費されている多くの映像と似るばかりで、「文明の現況と、我々の内面の最深部と、その両方に照応する映像」は手に入らない。

ただひとつ、北鎌倉の小津の墓を詣《もう》でた帰り、夜の横須賀線から、平行して走る国電を撮った長いショットには胸を打たれた。山手線だろうか？　東京へ向かう電車は、もうすいていて、乗客はまばらだ。車体は闇《やみ》に沈んで、走る窓の中ばかりが明るく、そのがらんとした明るい矩形《くけい》の連なりが、轟々《ごうごう》と走り、線路の具合で、カメラに近づくかと思うと遠くなり、見下ろすようになったり、見上げるようになったりして走り続ける。しかし灯《あか》りの中にまばらに座っている乗客は、人形のように動かない。ひどく無力に見える。突然、電車の背景に大きくビルが現われてたちまち後方へ走り去る。そのビルも建物の輪郭《りんかく》は闇に埋もれて、十数階分の四角の灯りの集合が飛び去って行く。美しかった。

おそらく周到に狙《ねら》った映像ではないだろう。しかし、喚起されるものは多層多様で、しかも透明感を手に入れていて、日本人の映画監督がかつて掘り出していなかった映像であったと思う。半ば偶然手に入れた一ショットにはちがいないが、つくり手に絶えずそうしたイメージを求める姿勢がなければ、こうした偶然を、ものに出来るものではない。

それにしても一ショットである。断片以上の豊穣《ほうじょう》を展開しようもない。そしてヴェンダースが直面する困難は、無論日本の映像に関わる者の困難である。

私は、多くの読者とは無縁の職業的な愚痴《ぐち》をこぼしているのだろうか？　そうではないつもりである。

映像文化の時代といわれて久しい。しかし、私たちは本当に映像を享受しているだろうか？　早い話、かつては以心伝心ですんだものが「いわなければ分らない」時代にますますなって来ている。いわなくても通じる共同体を私たちが失っているからだというのが大方の解説だが、一方で映像がかつてないほど氾濫《はんらん》しているのだから、言葉をさしおいて、人の表情、姿、仕草から多くのものを感じとる人が増えてもいいはずではないか？　口ではああいっているが、内心は逆であるというようなことに敏感になってもいいはずではないか？　しかし実態はむしろ逆で、「いわなければ分らない」という言葉の時代になっている。

他人事《ひとごと》ではない。日本の映像の中の家族という主題を前にして、私もまた映像を脇《わき》に置いて、ある映画、あるテレビドラマは、どのようなテーマで家族をとらえたか？　どのような物語であったか？　どのような台詞《せりふ》を口にしたか？　を中心に論じてしまいそうである。

しかし、映像作品が独自の力を持つのは、テーマや物語や台詞を乗り越えて、なにかを摑《つか》んだ時のはずである。映像史は、おそらくそうした成果こそ記録しなければならないだろう。

私たちの認識が、言語化出来る領域にとどまらず、「いわくいいがたい」曖昧《あいまい》で複雑で多層な現実を「いわくいいがたい」まま言語化せずに、まるごと意識化出来る可能性を持つのが映像の世界である。

しかし、映像をそのようなものとして遇する作品は、まことに少い。多くの日本映画、多くのテレビドラマでは、ステレオタイプ化して、ほとんど私たちをゆさぶる力を失っている。「いい角度」「いい陰影」「いい色合い」をなんとかクリアしている作品が、そこそこ誠実な印象をあたえるくらいに、映像が力を失っている。写真の領域にまで世界を拡げれば事情はもう少し明るいのかもしれないが、少なくとも映画・テレビに関する限り、映像の時代どころではない。貧しい映像しか、私たちは手に入れていない。そして、それは個々の才能の有無に簡単に帰すことの出来ない困難であることは、先のヴェンダース、ヘルツォークの言葉からも窺《うかが》えるだろう。

では、以前はどうだったのか？

小津安二郎がいた、とヴェンダースはいっている。私も、それは認めないわけにはいかない。他に、誰がいたか？　そうなると、研究者ではない私には恣意《しい》的な発言しか出来ないが、まず浮ぶのは木下惠介の「陸軍」のラストシーンである。

この作品は一九四四年、第二次大戦の末期に、戦意昂揚映画としてつくられた。いかにも兵隊向きではない弱々しく温和な少年が、最後には福岡連隊の一兵卒となって、堂々戦場へ向う船が待つ博多港へ行進して行く。その隊列の中の息子を、母親が群衆の間を小走りにどこまでも追う。

佐藤忠男さんの文章に助けていただくと、

「クライマックスの行進の場面では、何千人の連隊、何万人の市民をバックにしてあたかも彼女が（母親を演じる田中絹代が）息子を戦場に送る母親の悲哀を独演するようなかたちになった。じじつ、この場面の彼女の演技は大群衆の熱狂に対してひとりで拮《きっ》抗《こう》するような見事なものであった。

完成後、政府の情報局は、結局この映画は息子を戦場に送る母親の悲しみばかり強調しているから戦意昂揚の役に立たないと判断し、このあと木下恵介監督がひきつづき神風特別攻撃隊についての映画の準備にかかったとき、それを中止させた」（『木下恵介の映画』芳賀書店）

佐藤忠男さんも推測なさっているが、この時期の木下監督に反戦映画をつくる意図など、おそらく意識的には皆無のはずである。

しかし仕上った映像は、大状況に母親がひとりで対立してしまうことになった。軍隊、市民を動員した戦意昂揚のクライマックス・シーンが、プロパガンダとしては骨ぬきになってしまった。意識の上ではむしろ積極的に戦争に協力しようとしながら、子どもを戦場に送る母親に身を重ねて行くうちに、国家の論理に心ならずも家族の真情が対立してしまう。行進する兵士達の中の息子を追う母親の姿、とうとう追うのを諦《あきら》めて遠ざかる息子に思わず両手を合せてしまう母の姿は、私も忘れられない。主義主張でそのように撮ったのではなく（作家のイノセントは情報局も疑いようがなく、だからこそ逮捕されることもなかった）、作家自身の意識をも裏切って、軍国一色の昭和十九年に、このような切実な映像が生まれたことは、木下惠介の作家としての質の高さの証明であり、同時に日本の映像史の誇りではないだろうか？　大状況の中の家族の映像で、これにまさるシーンは思い浮ばない。

そして第二次大戦が終る。

「必勝の信念だの、聖戦だのと立派な言葉で国民を餓死するところまで引きずって来たのは誰ですか？」軍や政府ではありませんか。「日本人全部の責任にされて堪《たま》るもんですか」（脚本・久板栄二郎、監督・木下惠介「大曾根家の朝」）

戦争という大状況の時代には、戦場へ行く息子を、無力感に押しひしがれながら追いかけるぐらいしかできなかった「小状況」を生きる母親が声をあげはじめる。

しかし生活は苦しく、昭和二十二年の「素晴らしき日曜日」（脚本・植草圭之助、監督・黒澤明）で、若い娘の口にする夢は「鏡台や箪笥《たんす》は要らないけど、鏡のついた洋服ダンスくらいは欲しいわね。……（縁側の方に行き）それから籐椅子《とういす》……お庭があったらトマトやグリンピースをどっさり作るの……」という控えめなものであり、その控えめな夢さえ恋人から「ロマンチック過ぎるよ君は。夢見たいなことばかり言って」となじられてしまうのである。

これらの作品を見て、なにより胸うたれるのは、今となってはテーマでもプロットでも台詞でもなく、映像である。封切時には、ありきたりだったかもしれない街の風景も人々の仕草もセットのデザインも俳優の痩《や》せかたも、まるで別の映画のように物をいいはじめ、作品が変質していることに驚く。余談だが、昔の映画の再評価は、昔の小説の再評価よりはるかに、作家論にはしぼりきれないことを改めて感じる。

「素晴らしき日曜日」の恋人たちは、コーヒー店に入る。

「(顔をしかめ)ひどいな、これあ」

「ぬるいわね」

「てんで珈琲の味がしない……」

「中将湯、みたいだわ」

女店員、菓子を二皿、持ってくる。

「(一と口食べ)まるで菓子の乾物だ。ちっとも甘くない……」

それでも戦争中に比べれば幸福であった。

「大曾根家」には、娘の婚約者が戦場から帰って来る。政治犯として投獄されていた息子も帰って来る。それぞれの「小状況」を少しでもよくすること、「大状況」の犠牲にならない個の確立、個の発展を疑う人は少なかった。

しかし、敗戦から七年たった昭和二十七年には、黒澤明「生きる」が、早くも「小状況」に集中して生きることの空しさを語っている。

胃癌《いがん》で四カ月の生命しかないと知った市役所の市民課長（志村喬）は、そのことを一人息子に話そうとして果せない。息子夫婦の「個の発展」は、親の歎《なげ》きを聞く耳を持たない。夜、それでもたまらずに、息子夫婦の住む二階へあがりかけると、息子の部屋の灯りが消えてしまう。

翌年の昭和二十八年には、前記の小津安二郎「東京物語」と木下惠介の「日本の悲劇」が続き、共に子どもに親が見捨てられる物語である。

私も親をないがしろにする子どもを情けないとは思うが、その醜悪にただ石を投げることは出来ない。戦前戦中の「国」と「家」の桎梏《しっこく》から解きはなたれた日本人が、活力の根拠地にしたのは、結局のところ「個」の発展であり、「個」以外のところへ軸が動くこと――つまり「個」の内面を抑えて「親孝行」というような規範に従うことには、強い警戒心があった。そして「個」の内面に従ったら、それほど親を愛していなかったということであり、生活の余裕のなさからそれが見苦しく露《あら》わになったことは不幸だが、その「個」の質は、戦争中に出征する息子を、どこまでも追い続けた母の「個」と、それほど遠いわけではないと思う。

だからといって、子どもたちの「エゴ」をただ肯定はできないが、その「エゴ」は、立場をかえれば親たちも持っているものであり、親たちだって戦後は「個」に集中する他に、よりどころはなかったともいえるのではないだろうか?

上記三作品(「生きる」「東京物語」「日本の悲劇」)は、時には意図的な領域を越えて、露わになった「エゴ」の悲哀が映像に鮮やかに刻まれた傑作であった。

そして、日本人は当面の「エゴ」に従う以上の内発的な活力を持たぬまま、働き口のある都市への集中化や住宅事情というような外在的な理由もあって、親を(つまり当面、エゴが必要としていないものを)切り捨てて行く。夫婦と子どもたちという「核家族」が増えて行くのが、昭和三十年代の趨勢《すうせい》であった。

私は昭和三十三年に松竹大船撮影所の助監督になり、四十年に退社した。

その三十年代、映画はあまり当時の家族の現実に目を向けなかったように思える。テレビドラマのライターになって、松竹大船調の小市民リアリズム映画の影響を聞かれることがあったが、伝統の間接的影響はともかく、直接的には家庭劇の助手をつとめた記憶がほとんどない。なんとか現代の家族を素材にしたといえる作品も、むしろ現実を見ないためにつくられている人情劇で、昭和二十年代の「エゴ」の映像に匹敵する現代の家族の映像は、なかったように思う。

無論、私が日本映画のなにもかもを見ていたわけではなく、大事な作品の見落しがあるかもしれないが、昭和二十年代の名作が描いた「エゴ」につけ加えるものを持つ作品は、とぼしかったのではないだろうか？

つまり「エゴ」は意識の上では依然として悪役であり、「余計なもの」を排して幸福になろうとする「エゴ」のかたまりの「マイホーム」「マイホーム主義」は蔑称として使われ、ヒューマニズムにせよ反安保にせよ共同性を持つことが善という空気があって、それだけに「マイホーム」の内情には立ち入らず（わが家はともかく）一般的には「マイホーム」の中は快適なのだろうという漠然とした意識ですませていたところがあったのではないだろうか？

多くの恋愛映画が二人の結ばれるところで終り、恋愛中はいいだろうが日常生活になったらあの二人では大変だろうなどという感想はとりあえず棚上げするように、家族の内情はさて置いて、安保条約を継続することで、大切な家族が戦争にまきこまれていいのか？　というような次元で議論が行われた。

私がテレビドラマの世界へ入って行った昭和四十年の頃も、現実の家族の内情については遠巻きにして立ち入らないという空気があったように思う。その頃の当り番組は「七人の孫」という大家族のドラマで、祖父が家族の出来事に大きな役割を果すものだったが、それはおそらく現実のネガとして当っていたのであり、実際には大家族は減る一方で、祖父はおろか父親さえ家族の中で影の薄い存在になっていた。

となれば、次に登場すべきドラマは明らかではないか。つまり、家族の内情に立ち入った作品である。

無論、このような要約は、あまりに単純で、ものをつくる実際を知らぬ言い草だが、実のところテレビに私が足を踏み入れた時の、私のドラマの現状把握及び野心は上記の如《ごと》くであった。そして、大きな流れの方向としては、今もそれが間違っていたとは思わない。しかし、間違っていなければ書けるというものではない。それが厄介なところであった。

そして、当然のことながら、以後テレビドラマの世界で接した「家族」に関わる良質の作品は、必ずしも私があきらかだと思った筋道をたどっているわけではない。しかし、この二十年余りを振りかえると、家族の現実に多様多層に踏み込んだのは、映画ではなくテレビであった。

それは、ヘルツォークが、ヴェンダースの映画の中で「ここにはなにもない。映像に透明性をあたえるものは、なにもない」といった騒々しく脅迫的で猥雑《わいざつ》な日本の現実の中で、とことん日常の些事《さじ》をのみこみながら「文明の現況と、我々の内面の最深部と、その両方に照応する映像」「世界を透明にするまなざし」を手に入れようとする作業であった、といったら嘲笑《ちょうしょう》の種になってしまうだろうか？

画面の貧弱は置いても、これほど観客の集中度の悪いメディアで、映像になにかを語らせるためには、映画とはちがう方法をとらざるを得ない。映画も絵画に比べれば、一つの映像に多くを語らせることは出来ない。しかし、たちまち過ぎ去るにせよ一カット一カットについては、まずまずの集中度を手に入れている。テレビは、見る者を暗闇に入れて、画面に集中させることが出来ない。見ながら電話をかけることも食事をすることもセックスをすることも煎餅《せんべい》を食べることも雑談、商売、宿題、風呂へ入ることもトイレへ入ることも止められない。テレビだけを見つめている観客なんてほとんどファンタジィの世界である。そのようなメディアで、どうしたら「混沌《こんとん》に秩序を与えるまなざし」「人間の真実をさし示す透明な映像」を手に入れるかが、テレビドラマをつくる者の――それほど多くはないにせよ、私の信頼する人々の目標であったと思う。

たとえば、強引に集中度を要求するやり方があった。

　　黒板令子の顔
　　　手にしたストローの袋を見ている。
　　　静かに流れているクラシック曲。
　　雪子の声「お義兄《にい》さんたち、昨夜発《た》ったわ」
　　令子「――」

喫茶店

向かい合ってすわっている雪子と令子。

間。

雪子「姉さんどうして送りに来なかったの」

令子「――」

間。

クラシック曲。

雪子「純も螢も――。さびしそうだったわ」

令子「――」

間。

雪子「かわいそうで――」

令子「――」

雪子「まともに見てられなかったわ」

令子「――」

令子。

――うつむいたままじっと感情にたえている。

クラシック曲。

間。

描く「世界」に魅力がなければ、たちまちカラ回りしてしまうこうした方法は、無論、誰にでも使えるものではない。倉本聰脚本「北の国から」である。台詞に「――」という無言の表示があり、次の行に「間」とあり、更に行をかえて「クラシック曲」とあり台詞になっても「純も螢も――。さびしそうだったわ」と、ワンセンテンスを、よどみなく口にすることを禁じ、更にまた無言。そして行をかえて、「間」の指定。ライターがスタッフと役者に向って、この「間」が維持されなければ、このドラマの世界は崩れ去ってしまうのだと、ほとんど叫び声をあげているような脚本である。それは同時に観客に向けての思いでもあり、どうか息を殺して見ていてくれ、集中してくれ、という願いが痛切に感じられる。この作品は、周知のようにその作者の願いが、見る者にも通じた成功作だが、私を含めて、通常はそこまで観客をあてには出来ない。

向田邦子さんのように、細部を見る目の見事さ、台詞の面白さをたっぷり持ったライターでも、ただ場面を観客にさし出して、観客がその場面の持つ深い意味を感じとってくれるかどうかには悲観的で、時にはそれがいたましいほどであった。

嘔吐《おうと》する母、背をこする杉男。

杉男のナレーション「昔のおふくろはもうどこにもいなかった。年をとり、いぎたない下品な汚れた姿があった。おぞましさに顔をそむけて、とびだそうとしたが、何故《なぜ》か体はかなしばりにあったように、そこから動けなかった。自分にも説明できない熱いものが、急にこみあげてきた」

（「家族熱」）


映画の脚本だったら、凡作でもこういうことはまずあり得ない。ましてや向田脚本なら、ただその場面を無言でさし出すだけで、伝わるものは伝わるはずである。しかし、テレビでは不安になってしまう。集中していないのではないか？　どころではなく、見ていないのではないか？　声を聞いているだけなのではないか？　と不安にかられてナレーションをつけ加えてしまう。すると、場面から言語化出来ない豊かさが後退してしまう。隠されている真実をさし示したかもしれない透明度も失われてしまう。

橋田壽賀子さんのように、沈黙や映像の表現するものを諦めて、ほとんど言語の領域だけで勝負をしている作家もいる。

つまり、現代の家族のフォルムを透明にさし示す映像といっても、映画のように、あるシーン、あるショットにそれが凝縮されることは少なく、仮になされても観客に十全に伝わる可能性は小さい。取り柄は多量の時間である。一つの物語に十数時間を費やせるとなれば、集中度の悪い観客にも、映像の集積の残像ぐらいは残る。その残像が、どのような透明度を獲得しているかが、テレビドラマの映像については、語るに足ることになるのではないだろうか？　あるテレビドラマの題名を聞いて、浮ぶイメージ、そのフォルムが、どのような深度を手に入れているか？

いかにもわびしい話のようだが、映画だって結局のところ不確かな残像が勝負ともいえるのである。問題作だったりテーマがよかったりしても残像の濃度が薄い作品は記憶から早く消えてしまう。残像のフォルムが重要なのは、テレビドラマと、それほど変らないのかもしれない。

では、テレビドラマは家族を描いて、どんな残像を残したか？

前記のように、戦後の日本の家族は、それぞれの「個」の発展をなるべく邪魔しないような小単位であることを目標とした。そのため、舅姑《きゆうこ》・小姑《こじゆうと》との同居は、戦前より衝突が露骨になり、対立を活力とするドラマにとっては、格好の素材源で、沢山の作品がつくられたし、現在もつくられている。しかし、その多くは身上相談レベルの水準で、「他者」について、あるいは「エゴ」について、透明なイメージを手にした作品は、ほとんどないのではないか、と思う。無論、私が目にした範囲の話で、ほとんどこんな感想に意味はないのだが、わずかに橋田壽賀子脚本「となりの芝生」の沢村貞子さんが、言語化しにくい「他者」の持つ重みのようなものを体現なさっていたように思う。

では、そのような他者を排した「核家族」のドラマはどのようであったか？（映画のことになるが、一九八三年の「家族ゲーム」（森田芳光監督）は、父とか母、兄とか弟というような関係に、安定したフォルムがほとんどなくなってしまった家族を描いていて忘れ難い。無論、現象としてそのような家族を書いた作品はテレビドラマでもあるのだが、この映画の透明度に達した作品はなかったのではないだろうか？）

このあたりになると、私も「戦線」に参加しているので、どうも歯切れが悪くなってしまうのだが、大ざっぱにいえば、「エゴ」が求めたぎりぎりの小集団「核家族」の内部で、「エゴ」や「個」が、現在どのようであるかを見つめるより、問題を持ちこんで（たとえば家庭内暴力を振るう中学生を素材にして）、その問題が解決すれば「核家族」は安泰であるかのようなイメージに終る作品が、どちらかといえば多く、犯罪や「問題」を排して「エゴ」や「個」を見つめる作品は少なかったのではないだろうか？

わずかに「金曜日の妻たちへ」（鎌田敏夫）が「核家族」だけではやって行けない人々の「核家族」の外への動きを描いて、くっきりした残像を残している。

秀作はむしろノスタルジイという形で、現在の「核家族」からは失われてしまったものを描く作品に多かったように思える。「寺内貫太郎一家」(向田邦子)「花へんろ」(早坂暁)などといえば、あまりにも恣意的で、題名をあげないいくつかの秀作に失礼になるが、前記「北の国から」も、多くの核家族生活者に与えた効果は一種のノスタルジイであり、いま現在、核家族を生きる人々の内部にストレートに立ち入るものではなかったという意味で、この範疇《はんちゅう》に属すると思う。

そして「エゴ」の極北を描いた秀作「橋の上においでよ」(田向正健)、家族以外の結びつきに可能性を見ようとした「淋《さび》しいのはお前だけじゃない」(市川森一)も忘れることは出来ない。

と、いくらつけ加えても、一年間でもおそらく百本は下らないであろう「家族」を素材の映画・テレビドラマを相手に「史」を綴《つづ》ることはやはり難しい。

制限の枚数が尽きるのでしめくくれば、戦後のある時期まで「エゴ」が理想形として夢見た「核家族」を、その後の日本人は具体的に生きて、結局のところ精神的「飢え」を体験した。その「エゴ」が、これから内発的にどのような共同性を求めて行くのか？——それがこれからの家族の課題ではないだろうか？　とわり切るのでは、ドラマライターとしては、あまりに大ざっぱなのであるが——。

(一九九二年)

VI

血を流さない死体

一人の老婆のことを書く。

亡《な》くなって、まだ十日もたたない。正確には九日前の夜である。七十八歳であった。これはきっと「おかしい話」で、老婆らしい「笑って話せる死」になっていくのかもしれないが、亡くなったばかりなので、そうした距離が、私はとれない。遠縁である。

御亭主は五年前に亡くなった。

家業は川崎の運送屋で、長男が跡をついで栄えている。親思いの息子である。お嫁さんもケラケラ笑う、よく肥《ふと》った人で、「お婆ちゃん、お婆ちゃん」とよく立てた。

お婆ちゃんは幸せな老後をおくったといっても嘘《うそ》ではないだろう。葬式でも、みんなそういって、うなずき合った。しかし、ことさらそういって確認し合いたい空気がなかったとはいえない。

みんな「あの話」を知っていたからである。

「話」の発端は、昭和のはじめで、たぶん八、九年のあたりである。主人が四十を越して、家業が急に伸張した。そして、大森の三業地の女を妾《めかけ》にしたのである。

これを知ったお婆ちゃんは、そのころ四十になるやならずだったが、「さすがに立派だった」そうで、二十五、六の妾は、やがて盆暮には裏口から挨拶《あいさつ》に来るようになった。それをお婆ちゃんは、「お得意先でも来たように」手をとらんばかりにして上へあげ、刺身をとって、大笑いをし、帰りには必ずいくらかを包んだそうである。

ま、これはちょっとなまなましくて、内心を思うと立派とばかりはいえないかもしれない。妾に対して嫉妬《しっと》や憎しみがないはずはなく、それを徹底的に押しかくして、小遣いまでやるというのは、考えればかなり陰惨な話で、いやらしい、といってもいい。

しかし、妾のS子という人は、そうした感じ方をするような女ではなく、あるいは、お婆ちゃん同様に内心を押しかくすことにたけていたのか、「女将《おかみ》さん、ありがとう」といつも嬉《うれ》しそうに妾宅《しょうたく》へ帰っていったという。

十四年に、妾は小料理屋をひらいた。空襲で、それも焼け、本宅も全焼した。

戦後、長男が復員して、親子で頑張《がんば》り、二十二年に元のところで再び営業をはじめた。「気がつくと」いつの間にか、新潟へ帰っていた妾も、闇《やみ》の小料理屋を同じく元のところではじめていた、という。

それが御亭主の援助だったと知ったときは、はじめて妾のあることを知ったときより「情けない気持で」、戦中戦後の苦労をぐって、夫婦のきずなが強まったという思いがガラガラと崩れたそうである。

そんな細君の反応が、それとなく伝わるのか、妾のS子さんは、戦後は挨拶に来なかった。

そのまま四、五年たって、ある日駅前のデパートで、二人は、ばったり会った。

二人とも一瞬は、ギクリとして向き合ったまま立ちつくしたが、そこはやはり妾の方が苦労してきたというべきか、身体をくずし、「ああら、女将さん」とお婆ちゃんの手をとって泣き出した。「おなつかしい。おなつかしい」とはた目もかまわず抱きつかんばかりになつかしがったのである。

結局お婆ちゃんは人が好い。目の前の妾の感激ぶりに、とうとうほだされ、自分も涙を流し、

「ほんとうになつかしいじゃないの。お元気?」と手を握りかえしてしまったのである。

それからは、年ごとに三人とも枯れてきて、とりわけ御亭主が枯れたので、つき合いは淡々となり、やがて七十五で御亭主が死んだ。通夜から妾のS子さんも手伝いに来た。

前置きが長くなったが、問題はその通夜のことである。

御亭主の姉さんという人が当時七十九歳で生きていて、通夜でお婆ちゃんにこういった。

「仲のいい夫婦ってもんは、一人が逝くとすぐ片方もあとを追うっていうけど、あんたも気をつけるんだね」

ひどいことをいったものだが、それを聞いてたちまち反応したのは、たまたまお婆ちゃんの背後にいたS子さんだったのである。

「ありがとうございます」と大声でいい、おいおい泣き出したのである。

「私はあんたにいったんじゃない」と姉さんという人がぶつぶついっても一向に聞こえず、「一日も早く、あとを追って行きたい気持でございます」とかなんとか、いわばやたらに「狂ったように」出すぎてしまったのであった。

それからお婆ちゃんの対抗意識が露骨に燃えはじめた。

「あんな女に、先にあとを追われてたまるか」と長男にいい、S子さんの出入りはもちろんさし止め、「ああ、私はもう、力が抜けて長かあないよ」と人に会えばそんなことをいった。

S子さんの方も同様で、急にがたりと弱ったというようなことをやたらに口にし、「あの人が呼んでいるようで」などと、少しうちうちの人には、口癖のようにいいはじめたのである。

「どっちが先に死ぬか」

むろん、軽い冗談だが陰で面白がる人も出てきた。

そして、同じ年の暮れに、S子さんの方が急死したのである。脳出血であった。

やっぱり妾の方が情が深かった。旦那も結局、妾の方を愛していた。……世間というものは仕方のないもので、そんなことを面白半分の話題にしたことであった。

そのころから、お婆ちゃんは、だんだんにかわった。派手になり、酒をのみはじめた。

カーテンをピンクの柄ものにさせ、ベッドを買わせ、娘のように部屋を飾って、酒をのんだ。目をはなしているとへべれけになった。

どういう心境からかは、お婆ちゃんがなにもいわなかったから、わからない。しかし、いくつかの臆測はできる。妾が先に死んだのは偶然にすぎないというようには、お婆ちゃんは割り切れなかったのであろう。

旦那を追う気持において、まず妾に負けたということ。旦那も妾の方を愛していたのではなかったのか、という疑い。では、自分の一生の頑張りはなんだったのかという悲しみ。

派手になったのは、空費した人生をとりかえそうという思いであり、酒をのんだのは敗北感からではなかったのか。

九日前の夜半、ドスンと音がした。頭を強打して、死んでいた嫁がのぞくと、酔いつぶれて、ベッドから落ちていた。頭を強打して、死んでいたのである。腰の骨も折れていたという。

なんともつまらぬことにこだわり、悟りも落ち着きもなく、みじめに死んだといっていいかもしれない。妾と亭主が死んで私だって長くない、といいながら、いくら酒をのんでも死なず、五年たって、捨て鉢のように死んだのである。

私はしかし、そういう死にかたに、心をひかれる。

前に、なにかで読んだのだが、アーサー・ペンという映画監督が「俺たちに明日はない」という映画についてのインタビューで「なぜあれほどたくさんの血をあの映画で流したのか」という質問に「自分の体験では死というものはあのようにたくさんの血を流すものだ」と答え、それを日本の若い作家が同時代の人間として共鳴していたのを憶《おぼ》えている。

たしかに、いまの時代は血なまぐさく、多量の血が流れているには相違ない。交通事故で、テルアビブで、レバノンで、アフリカ大陸で、そして依然としてベトナムで。だから、死というものをそのようにイメージすることは、おそらく正確なのだが、私はなんだか、死というものと血というものが結びつかない。

想像力の不足だといわれればそれまでだが、私には、死というものは、だらだらと時間をかけて訪れるもの、あるいは、まったく予感もなしに、みんなが大笑いをして気がつかないでいる間にやって来てしまっているもの、というような思いがある。いずれにしても、血など一滴も流れない。いや、そういう死にかたに心をひかれるのである。

連続のテレビドラマで、結核患者の青年を描いたことがある。戦時中徴兵検査で病気に出会い、勇ましく死ぬこともできずに銃後で咳《せき》をして生きている役である。すると、結核療養者から投書がきて、いずれ死ぬのだろうが、見ているのがつらいから早く殺してくれという意味であった。

私は青年の死をまったく考えてなかったので当惑した。

その青年は死にたがっているのである。友人が次々と国のために出征し、遺骨として戻ってくるのを、ただ咳をしてみているのはつらい。自分も血を吐いて死なないか、と思っている。しかし、死なない。

敗戦後も、なんとなく咳をしている。そのうち、食べものもよくなって、なんとなく治ってしまう。そして、市役所へつとめる。

ちっとも華々《はなばな》しいところがない。なんとなくお嫁さんをもらって、なんとなく平和に、「おじさん」になっている。それがねらいであった。そのようなかたちの「死」の現われ方、遠ざかり方を書きたかった。

先日、渋谷を歩いていたら、電柱に貼《は》られたポスターに「戦争しか知らない子供たち」というのがあった。なんの広告だかはわからない。大きく書かれたその言葉だけが目に入って通りすぎたが、これはたぶん、先年流行した「戦争を知らない子供たち」と照応しているのだろうと思う。ああいえばこういう、というスローガンごっこのひとつなのだろうが、わからなくはない。

現代の青年が「戦争を知らない」といっていいのか？　むしろ「戦争しか知らない」というべきではないのか、という考え方は、出るべくして出たといってもいいかもしれない。

戦争は世界のあちこちで続いており、日本も間接であれそれに手を染めている以上「戦争を知らない子供たち」と身体をくねらせて合唱されれば、冗談じゃないといいたくなる青年たちが出てきても無理はない。

しかし、この「俺たちは戦争しか知らない」といっている青年たちを、いわゆる昭和ヒトケタ以前の戦争体験者が見たら、どう思うだろうか。

「笑わせるな」と思うに相違ない。お前たちがなんで戦争を知ってるものか、とやりきれない気持になるだろう。

ぼくも、どちらかといえば、いまの日本の青年が「戦争しか知らない」というのは、いい気なものだ、という気持がする。

理屈としては、朝鮮戦争以来、戦争は絶え間ないのだが、どうも感情がともなわない。「戦争を知らない子供たち」という流行歌をぼくは嫌いだが、「戦争を知らない」と考えている青年の方が信じられる、という思いはある。

想像力の不足だというなら「想像力」が豊かなために見えない現実もあるのだ、といいたい気がする。

つまり「死」に対してもそうで、現代の死は「おびただしく血が流れるもの」という視点は、いまの日本人の死の多くの部分を、手から漏れこぼしてしまうのではないだろうか。ぼくは、そういう視点が無視してしまうような「死」に、眼が行ってしまう。

ベッドから落ちて死んだ老婆のような死に、眼が行くのである。

（一九七四年）

小津安二郎の選択

この秋は、とりわけ紅葉が綺麗《きれい》だったということはないだろうか。ないですよ、と若い人にいわれている。齢《とし》のせいじゃないですか、と。そうかもしれない。春の桜と自分を重ねる齢ではなく、若葉に共鳴するわけにもいかず、酷暑の太陽をめでる体力はなく、紅葉ぐらいが丁度年齢に合うのかもしれない。六十六である。

仕事で訪ねた富山の市街地をタクシーで走っていると、並木の紅葉があかあかと美しく、曲がって別の大通りへ入ると、今度は公孫樹《いちょう》の黄葉が華やかで、また別の道は別の並木の赤色が祭のように美しい。

その町々の家並の背景に、少し雪のある立山連峰が屏風のように拡がっている。

「立山、いいでしょう」と中年の運転手さんがいう。

「いいねえ。富山はなんといっても立山連峰だねえ」と私は遠景から目がはなせない。

「ところがね、私は三十すぎまで立山が見えなかった」と運転手さんがいうのである。

「ここで生まれて育ったのにね、十代も二十代も立山なんて眼中になかった。三十すぎて、ああこんなに凄《すご》いものが俺《おれ》の故郷にはあったんだ、と気がついた」

きっとある年齢にならないと、見えていても見えないものがあるのだろう。それは一方で、ある年齢になると見えていたものが見えなくなってしまうことでもあるのだろうが——。

若い頃、小津安二郎さんの映画がよく分らなかったのを思い出す。それは私だけではなく、昭和三十年代の松竹大船撮影所に勤めていた二十代の助監督の多くが、同じ撮影所の先輩である小津さんに対して抱いた気持だった。

なぜ親の死とか娘の結婚ばかりを描くのか。他にいくらでも「描くべき」世界があるではないか、と。「いつもテーブルを囲んで無気力な人間たちが座りこんでいるのを、これも無気力なカメラが、無気力にとらえている。映画的な生命の躍動感が全く感じられない」といったのは映画監督フランソワ・トリュフォーである。私もほぼ同じ気持であった。

ところがトリュフォーは十年ほどして小津の凄さに驚いてしまう。「えも言われぬ魅力の虜《とりこ》」になってしまう（浜野保樹『小津安二郎』）。

日本映画で小津安二郎ほど、外国の映画監督に深い影響をあたえた作家はないのではないだろうか。

私もいまや小津さんのつくり上げた世界、人間像、方法が、いかに独自な深度と品格と魅力を持っているかを骨身に沁《し》みて承知している。

真似《まね》ようとしても真似られない。手法は単純だから似たものはつくれるが、似ていれば似ているほど滑稽《こっけい》で品のないものになってしまう。結局のところ、あの独自な世界は小津作品だけのものなのである。

では、その独自な世界を、どのようにして小津さんが手に入れたかというと、不必要なものの徹底した排除である。

自分が描きたい世界に確信を抱いたら、それに必要なもの以外は目もくれない。

映画が開発した技術の大半を小津さんは使っていない。若い頃は使ったものもあるが、次第にそれらも排除するようになった。

カメラの位置は、いつも人物を少し見上げるくらいの低い位置に固定されている。ズームもなければ、パンも移動もクレーン撮影もない。オーバーラップ、フェイド・イン、フェイド・アウトもない。

技術はとっくに開発されているのに、使わない。

これは私には、教訓的なことに思える。

二十一世紀のテクノロジーは、ますます商業と連動して早い速度で開発されて行くだろう。

しかし、なにを使い、なにを使わないかの選択は、個々の人間でなければならないはずである。新開発に次々と適応し、手にした世界は半年足らずで古くなるという反復から逃げたい時、小津さんの選択は貴重なヒントをあたえてくれるのではないだろうか。

（二〇〇〇年）

老年という季節

日本の社会は、高齢を持て余している。

長命を辛うじて「めでたい」とはいうが、心からいう人は少ない。老いの現実がはっきりして来ると、本人にとってはともかく社会的には、長寿にほとんど取り柄がない。

いい方を変えると、高齢の取《と》り柄《え》を私たちの社会が見つけられずにいる。

たとえば私たちは「いきいきしていること」の価値を疑わずに長いこと生きて来た。「いきいきしてますか?」と聞かれて「はい」といえない人間は、人格的に少し劣るような思いに襲われる。これでは老人は二次的存在になるしかない。老人がのべつ「いきいきしている」などということはあり得ない。それでもいきいきした老人に光が当てられ、「いつまでもお若い××さん」などという。これはつまり若さが何よりといっているのであり、次に光が当てられるのはその若さをとり戻しようもない痴呆《ちほう》や寝たきりの老人だったりする。

本当に光を当てるべき老人は、別にいるのではないか。または、光の角度がちがうのではないか。

称揚すべきは、年より若い老人ではなく、その年齢その年齢の輝きを無理なく手に入れている老人なのではないか。

次々と変化する現実に、たちまちいきいき適応して行く人々に、その軽薄さ、その空しさを気づかせるような老人なのではないか。いきいきしていては気がつかない季節のかすかな変化、人の心のゆらぎ、弱くて小さなものの美しさ、そういうものを気がつかせてくれる老人なのではないか。

私はいま六十四歳だが、年齢による人間の変化がこれほどのものとは思っていなかった。粛然《しゆくぜん》として襟《えり》を正す気持といってもいい。

どんなに頭のいい子でも、五歳や六歳では性欲の現実は分らないが、二十歳になれば、凡人中の凡人だって大抵のことは身をもって分ってしまう。

そのあたりの変化は誰だって承知しているが、五十歳と六十歳、八十歳と九十歳の変化は、まだほとんど木目細《きめこま》かく対象化されていないのではないだろうか。個人差が大きくなり、多様だというのも事実だが、一方でやはりあらがい難い季節の変化のようなものがそれぞれの年代にあるように感じている。

その変化にあまりさからってはいけない、という気持がある。さからっては勿体《もつたい》ない、と思う。面白い、といえば面白いのだ。

これからは軽口だと思って読んでいただきたいが、たとえば漱石は五十歳で没している。とびぬけた才能だから、あまり一般化はできないけれど、八十歳まで元気だったらどんな作品を書いただろう、と想像してみるのである。随分ちがっているだろう。その年齢の作を読みたいものだとかなり本気で願うのである。

富岡鉄斎の展覧会に出かけて、六十代の絵と八十代の絵に、大きな差があることに感銘を受けた。素人《しろうと》の勝手な感じ方だが、私には八十代の絵の方が格段にいいように思えた。

つまり、そういう金脈が財産が、高齢者には相当あるのに、掘り出す手段を失っているということがあるのではないか。

デカルトが、あらゆるものを疑ったが、疑っている自分の存在は疑えないという唯我論を完成したのは何歳か知らないが、まあ六十歳以上ではないだろう。そういう極端なことは、西洋人でも若いうちのことではないだろうか。そのよさも勿論《もちろん》あるが、滑稽《こっけい》なところもある。徹底した推論が非現実におちいる可笑しさがある。

こんなことを図々《ずうずう》しくいうのも、六十代だからで、五十代ではいわないかもしれない。こういう自分の、少しずつたががゆるんで来る有様も面白い。

年齢という季節を楽しんでいる。さからえ、乱せ、若くあれ、という論議もあとをたたないが、まあ勝手にやってくれ、と思っている。

（一九九八年）

なにが老人を救うか？

しばらく前のことだが、居間で酒をのみながら、テレビの「名曲アルバム」というのを見ていた。シベリウスをやっている。フィンランドの美しい風景にシベリウスの曲が流れ、画面の下にその作曲家についての解説風の文章が現れては消えるという仕組みである。

シベリウスはどこで生まれ、どう育ったというような文字については何気なく見ていた。そのうち、気になる文章が流れはじめたのである。シベリウスは作曲をやめてしまった、というのだ。作曲をやめ、大型のラジオを買い込み、ヨーロッパ各地で自分の曲が演奏されるのを楽しみに聞くようになった、という。それから没年までの二十年間、シベリウスはなにもつくらなかった。人々は、謎《なぞ》の二十年と呼んでいる、という。

そういう風に書かれれば大抵の人が、なにがあったのか、と思うだろう。ところがその答えは、あっという間に出た。少なくとも私には、謎などとは思えなくなった。

シベリウスは、一九五七年に、九十二歳で没した、という文章が現れたからである。没年までの二十年というのは、七十二歳からの二十年だったのである。

これが「謎」であろうか？　七十二歳になっても、シベリウスが作曲をすることを、人々は当てにし、創作をやめたことを不思議とするのだろうか？

もちろん、九十歳を越えてなおゆるぎのない文章を書き続けていらっしゃる野上弥《のがみや》生子《えこ》さんのような例がないわけではないが、それはむしろ例外であって、私には七十歳から九十歳までの二十年に、なにかを創《つく》らなくなったからといって、それが「謎」だなどとは到底思えない。

要するにシベリウスは老いたのであり、多くの人間は、そのようにして能力を失っていくものだ、と思う。名人といわれた職人も、精巧無比な技術者も、若くして死なない限り、自分の能力の退化に直面しなければならないのが、多くの人生の姿であるはずである。

そんなことはだれでも承知していることと思っていたが、シベリウスの晩年を「謎」ととらえる人が多いというのは、シベリウスへの期待の強さ敬意のあらわれなのだろうか？　それとも老年に対する無知のせいであろうか？

多くの老人にとって、そのような「期待」や「敬意」は、まったく実状にそぐわない。シベリウスにしても、おそらく「謎」などといわれることは心外なのではないだろうか？

「仕様がないよ、年とったんだから」

そんな言葉の方が余程彼の気を楽にさせたに違いない、と私には思える。

「年をとれば仕様がないのだ。能力がおとろえるのは仕方のないことなのだ」

そうした前提のない老人についての論議は、私には、どこかで現実からそれていってしまうように思える。

いやいや、老人でもまだまだこんなにやれる。若いもの顔負けではないか。老人をバカにしちゃあいけない。これも老人のしたこと、これも老人のしたこと。そんな風に数え上げて老人への敬意をよびさまそうとすることは、なにも出来なくなった老人たちを「脱落者」としてとらえることになる視点だと思う。

「どうにもならない。どうしても憶《おぼ》えられない」

ある御老体の俳優さんが、スタジオの隅《すみ》でほんの二行ほどの台詞《せりふ》をもて余しておられる。

「けずりましょう」と一行けずる。本番になる。それでも何度もつっかえて、短いシーンに一時間もかかってしまう。かかってもいいのだ。その老人としての姿に、かけがえのないものがあればいい。しかし、その魅力もなくなっている。

「終りね、あの人」と若いスタッフがいう。いい方は気に入らないが、私も異論をはいさめない。

問題は、それからだ、というように思う。

それが自分だったらどうか、と考える。どう救われるのか？「現在」を問題にされる限り「駄目」なことは自分にも分かりすぎている。「もう終り」というレッテルを貼《は》られても反論は出来ない。しかし、そのようにして次々と人々が「駄目」になっていくだけでいいのだろうか？

「あの老人はまだ使えるが、こっちは駄目」というように、現在の能力ばかりを問題にされ、次々と「駄目だから駄目」と合理的にほうむられ、ほうむられた人間の無念な思いは、それぞれが「悟り」や「諦《あきら》め」や「思い出」にすがって押し殺すしかないのだろうか？

そんなことを考えていると、私はなにかしら不合理なものを認めたい欲求にとらえられる。

たとえば、年功序列の賃金制度をやめる会社が多くなり、能力給がふえたというようなことを聞く。すると、それはたしかに合理的なことなのだろうが、やがて人々は「年の功」を認めるという不合理が、どれだけ人の心を救っていたかということに気がつくのではないか、というように思えてしまう。

老人の精神について考える時、一見不合理と思える存在の力を無視することが出来ないのではないか、という気がしてしまうのだ。あいまいないい方で恐縮だが、一つのエピソードで、手さぐりの私の思いを御判断いただきたいと思う。『マンザナールよさらば』という、第二次大戦で強制収容所へ入れられた日系アメリカ人の記録の中の断片である。断片だが、私は強く心を打たれた。

ある家族が強制収容され、父親は次第に酒におぼれていく。どうにもならない父親になっていく。母親に暴力を振るう。家族はそれでも我慢をしている。そしてある日、父親が理不尽な理由で、母親をステッキで殴ろうとするのだ。

「殴ったら死んでしまう！」

とっさにそう思った少年が「お父さん、いけない！」と叫んで父親を殴り倒すのである。

私には至極当り前のことに思えた。どう考えても父親が悪い。母親は殺されるかもしれなかったのだから、殴ってとめるのは当然である。しかし、その少年は、そうは思わなかったのである。

「父親を殴ってしまった」という思いに圧倒され、近くのバラックにいる兄夫婦の家に隠れ、「悪いことをした」という思いにふるえて、数日間も戻れずにいるのである。兄が弟の代わりにわびに行き、父親が許して、ようやくもどって行く。

こんな息子が、いまの日本にいるだろうか？

父親が、どう見てものんだくれのろくでなしであれば、「ありのままの父親」に対する以上の敬意などはらいようがないと考えるのが普通ではないだろうか？　父親を殴ったことを正義の行使だとさえ思うだろう。私も同様である。しかし、この不合理な「父親への敬意」は、本当にバカバカしいものだろうか？　私は老人と向き合う時、よくこのエピソードを思い出す。なにかの鍵《かぎ》があるように思えてならない。

（一九七八年）

遊びと夢の峠で

第二次大戦の敗北から二年目、一九四七(昭和二十二)年の四月に、現在の学制(六・三・三・四制、男女共学)が発足し、私は新学制によるはじめての中学一年生になった。十二歳である。

入学していくらもしない頃、社会科の先生が福沢諭吉の自伝の一節を読んでくれた。「私の十二、三歳のころと思う」という部分で、同じ年頃の生徒にふさわしいと思われたのだろう。少し長いが、戦後の日本の、そして私個人の原点とも関わると思うので引用させていただく。

兄が何か反故《ほご》を揃《そろ》えているところを、私がドタバタ踏んで通ったところが、兄が大喝《だいかつ》一声、コリャ待てと酷《ひど》く叱《しか》り付けて「お前は眼が見えぬか、これを見なさい、何《なん》と書いてある、奥平大膳大夫《おくだいらだいぜんのたいふ》と御名《おな》があるではないか」と大層な剣幕だから「アア左様《そう》でございましたか、私は知らなんだ」と言うと「知らんと言っても眼があれば見えるはずじゃ、御名を足で踏むとは如何《どう》いう心得である、臣子《しんし》の道は」と、何《なん》か六《むつ》かしい事を並べて厳しく叱るから謝《あやま》らずにはいられぬ。「私が誠に悪うございましたから堪忍して下さい」と御辞儀をして謝ったけれども、心の中では謝りも何もせぬ。「何《なん》のことだろう、殿様の頭でも踏みはしなかろう、名の書いてある紙を踏んだからッて構うことはなさそうなものだ」と甚だ不平で、ソレカラ子供心に独《ひと》り思案して、兄《にい》さんのいうように殿様の名の書いてある反故を踏んで悪いと言えば、神様の名のある御札《おふだ》を踏んだらどうだろうと思って、人の見ぬ所で御札を踏んでみたところが何《なん》ともない。「ウム何ともない、コリャ面白い、今度はこれを洗手場《ちょうずば》に持って行って遣ろう」と、一歩を進めて便所に試みて、その時はどうかあろうかと少し怖《こわ》かったが、後《あと》で何《なん》ともない。「ソリャ見たことか、兄《にい》さんが余計な、あんなことを言わんでも宜《い》いのじゃ」と独り発明したようなものだが、これぱかりは母にも言われず姉にも言われず、言えば屹《きっ》と叱られるから、一人《ひとり》で窃《そっ》と黙っていました。

（『福翁自伝』岩波文庫）

今となれば何処《どこ》が面白いのかと不審に思う人もいるかもしれない。合理主義、科学主義はむしろ当然で、十二、三歳でこの種の考えを抱くのは平凡なことになっている。

しかし、戦後すぐの中学生は少しちがっていた。二年前までの記憶があった。小学校（当時は国民学校といったが）に入った時から、「御真影《ごしんえい》」に毎日頭を下げていたのである。「御真影」とは天皇の写真である。校庭の一画に小さな御堂があり、それに「御真影」はおさめられていた。登校下校の時に、私たちはその御堂に向って帽子をとって一礼するのが日常であった。空襲に遭いその「御真影」を運び出すことが出来ずに焼いてしまった校長が自殺した、というような話も聞いていた。それは子供心にも幾分いきすぎのように思えたが、人にいうことはなかった。大人たちは大真面目《おおまじめ》に恭々《うやうや》しく「御真影」に頭を下げていたし、それがすべてばかばかしいと決めつける知力も勇気も私にはなかった。

ところが福沢諭吉は、いわば「戦争中」に「御真影」を疑い、その虚妄を自らたしかめるようなことをしていたのである。明治に入って殿様の権威が地に堕ちてからするのはやさしいが、江戸時代に福沢は、そのような科学主義、合理主義、実証主義をすでに自分のものにしていた。そうありたいじゃないか、と先生はいわれた。子供の私も、ほんとにそうだと思った。

敗戦となって戦争中をふり返ると、どうして最後には「神風」が吹いて日本が勝つなどということを信じられたのか、アメリカ軍の圧倒的な戦力を前に、どうして竹槍訓練などというものを熱心に出来たのか、ちょっと想像すれば爆弾や焼夷弾《しょういだん》のふりそそぐ中では、とても役に立つとは思えない防空壕なるものを、これさえあればと庭に掘ったり出来たのか、考えると不思議なことばかりなのである。しかし、戦争中には、ほとんどそうしたことのおかしさに気がつかなかった。

福沢なら気がついていただろう、というのが十二歳の中学生の反省であり、先生が『福翁自伝』を持ち出した趣旨でもあった。

つまり戦争中の日本人は「非現実」におちいっていたのであり、反面いまの日本人は「現実」に気がついているという意識の強い時代だった。「真相はこうだ」というラジオ番組が毎週物々しい音楽と共に流され、戦時中の「嘘《うそ》」が次々とあばかれていた。その「真相」もあやしいものだと考えるのが常識だろうが、そんなことは思わなかった。

子供が中心になってやっていた小さな祭が禁止されたのを憶《おぼ》えている。東京生れの私が疎開した先の神奈川県のはずれでは、一月十五日に「おんべ焼き」という祭があった。小中学生がリヤカーをひいて各家を回り、去年のお飾りやお札《ふだ》を集めて河原で焼くのである。その火で米団子《こめだんご》を焼いて食べると無病息災ということであった。それが学校で禁止された。そんな小さな祭でも、うけ継がれて来たやり方があり、小学校六年生は「親方」と呼ばれ中学一年生は「年寄り」というような序列があったり、集落ごとにやるので、別の集落の子供たちとの喧嘩《けんか》が（細《こま》かい説明を要するのだが）

いつものことになっていたり、そんなことが「封建的」であり「暴力的」であるとされ、「新生日本」には、ふさわしくないといわれた。それより何より、お飾りとかお札とか、そんな神事に関わるものは「神風」同様に非科学的でいかがわしいものであり、これからの日本を背負っていかなければならない子供たちの関わることではない、というようなことがいわれた。

私は、それに反撥《はんぱつ》を感じなかった。今となればその小さな祭の体験は、豊かでなつかしい思い出になっているが、その頃は禁止して当然だという思いだった。祭など実生活になんの役にも立たない、無駄なことはやめた方がいいと思っていた。ついでに正月だから「おめでとう」などというのもやめたらいい、と思った。「科学的」には、大晦日《おおみそか》も元旦もなんの変りもないある一日なのに、「おしつまりました」とか「あけまして」とか、そんな非科学的な慣習に調子を合わせることはすまい、などと考えていた。そういうことは今の子供だって考えるだろうが、あの頃のそうした思いには、非科学、非現実で日本人はひどいめにあったという戦争中の記憶がなまなましくあり、思い込みに熱気があった。ひとつの「非現実」から脱け出して別の「非現実」に入りこんでいるというような意識はなかった。十二歳ならそんなもんだ、ともいえるが、十二歳だけの話ではないという思いもある。

敗戦後の日本は、戦前戦中の日本を拒否することで自己形成をして来たとはいえないだろうか。これはミシェル・フーコーの、ヨーロッパの近代は理性にとっての他者（狂気）を監禁、拒否することで自己形成をした、という考えの応用で、われながら大ざっぱだが、少なくとも戦後三十年ほどは、そういうところがあったと思う。それから更に時がたつと、次第になにを拒否したのかがはっきりしなくなり、ノスタルジーも羽根をひろげて、拒否したものについて虚像を語る人あり空想する人ありで、その分自己形成も曖昧《あいまい》になってしまったが、基本的には、いまの日本も敗戦直後の日本とたいしてちがうところにいるわけではない、という思いがある。

たとえば祭はいまどのようなところにいるだろうか？

ひところは祭に加わる人が少なくてアルバイトに頼らなくては格好がつかないということがあちこちであったが、いまは多少内発性をとり戻しているのだろうか？

地域差、個別差のあることだから印象で要約はできないけれど、商業主義や地域の共同性の確認や、気ばらしというような、合理主義や科学主義でも充分了解可能な領域を超えた祭が、どこかにあるのだろうか？　祭の日だけは人の死もかまわぬ、性的にも無秩序を受け入れるというような、くっきりと非日常《ハレ》があり、それだけに日常《ケ》の再生に深く関わるというような祭は、おそらくほとんどないのではないだろうか？

まあそんな大げさなことをいわなくても、私が子供だった頃の、集落同士の子供の喧嘩を楽しむ（ことによると大怪我《おおけが》をするかもしれないことにも目をつむる）余裕も、大人たちの社会から消え失せてしまっている。その分得たもの（子供の安全）もあるのだから不満をいう資格はたぶん私にはないが、結局祭は敗戦直後の禁止で、ほとんど息絶えてしまっているような気がする。

いかに外見華やかに祭が甦《よみがえ》ろうと、多くは結局いわば近代主義の掌《てのひら》の上の祭であり、その大半は危険も無秩序も不合理も信仰もない。こうした祭に深く日常の汚れを洗い流す力はなく、私たちの社会の退屈や閉塞感《へいそくかん》を振りはらえない。振りはらえるような祭にするためには、おそらく私たちの社会が敗戦後拒否した信仰の狂気や暴力や放縦や危険や不合理の箱を開けなければならず、そんなことは危くてとても出来ない。だからたとえば初詣《はつもうで》の人がいかに多かろうと、見掛けほどの再生感は手に入らない。そこで人は非日常を他に求めてたとえば海外旅行をする。しかし、大半はそれも効率、計画、安全の掌の上でのことだから、期待したほどの非日常体験はなく、帰国したあとの再生感もそれほどのことはない。

そうしたことが長く続くと、どんな祭もどんな旅行もどんなあそびも体験する前にだいたいの見当がついてしまう。それによって日常が断ち切られることが、ほとんどない。

「まあそんなものだよ」と自分を納得させるが、底流で災害願望のようなものが芽生えたりする。祭も遊びも日常を断ち切れず、自分で「めちゃくちゃをする」力もないとなれば、日常は災難、災害、戦争で断ち切られるしかない。

それは大事な人を失うことだったり、半生をかけたコレクションや仕事を一瞬にして失《な》くすことだったり、それどころか自分の手足、耳や目を失うことだったりするのだが、少なくともその時の日々は昨日の連続ではない。目の覚めるような人生観の転換、価値の逆転を経験し、否応《いやおう》なしに新しい生、新しい人間関係を生きることになる。

それだって忽《たちま》ち単調な日常となるのだから、そんな願望は死への傾斜と同じく病理という他はないが、病理と知りつつ、いまの日常を断ち切るものを求めてしまうようなところに、私たちの切実さがあるとはいえないだろうか？

災害とまでいわなくても、卑近な例をあげれば、仕事を休みたい、手抜きをしたい。しかし（近代は勤勉、効率に高価値をあたえているから）自分からはどうしてもそのように出来ず、ひそかに病気になることを求めてしまう、そのような切実さが、私たちにはないだろうか？　病気でもしなければ、日常を断ち切れない。そのようにして、近代が拒否したもの（病気の克服は近代の大きなテーマである）を、心の底で求めてしまう。実は近代が拒否したものに、私たちを救うものがあるのではないか、と。

盲腸にでもなって仕事を暫《しばら》く休みたい、という程度の気持を種に大仰なことをいうようだが、こうした願望の延長線上に大病も死もあり、それは実のところ拒否し克服したりする対象であるだけではなく、救いでもあるのではないか？　現に老人の願いは長寿より穏やかな死に傾いている。

しかし、本当に日々を断ち切り再生させるような「あそび」があったら、私たちは死や病気や災害に「再生」の契機を求めたりしないだろう。そのような「あそび」を切実に求めているのは、日本のような社会ではないだろうか？

もっとも、そんな願望は、声高にはいえない。周囲の国には、飢餓に苦しむ人もあり、薬がなくて死ぬ子供があり、貧困のための別離、戦争による破滅というような現実がいくらでもある。そのような時代に、本当の「あそび」が私たちの切実な願いだなどと寝惚《ねぼ》けたようなことが、どうしていえるだろう。

で、私たちは自分の切実さから、目をそむけてしまう。いまの日本の社会に切実なものなどない、というようないい方をしてしまう。平和で食べるものがあって薬にも楽しみにも事欠かない世界を不満だなどと贅沢《ぜいたく》なことをいってどうするのだ、と。

たしかに私たちの切実さは見えにくい。

しかし、切実なものがないということはない。そしてその切実さは「あそび」とはいわなくとも、日常を再生してくれるものへの希求と深く関わっているのではないだろうか？

本当に日常を断ち切り再生の喜びを与えてくれる「あそび」には、死や危険や破滅や狂気が分ちがたくつきまとっている。しかし、その死や危険や破滅を私たちの社会は、なんとか排除しようと努力していまの長寿、いまの平穏、いまの豊かさを手に入れたのである。その恩恵を手離さない限り、私たちは本当の「あそび」が持つ快楽かちへだてられている。本当の祭が持つ再生力からもへだてられている。本当に生きているという手応えからもへだてられている。

だから、日本人のありふれたコンプレックスに、貧しさや危険や戦いの中で生きる他国の人々の方がよりよく生きているのではないか、というような感情がある。自分たちは避けようもなく、「甘やかされた子供」のようなところがあり、もし一人の人間として向き合うことがあったら、自分はきっと相手より浅薄だろう、相手の悪意には手もなく屈服させられるようなお人好しだろう、という怖れのようなものがある。彼らの「あそび」はたとえばたかだか家族が火を囲んで、歌でも唄《うた》うというような単純なものでも深度があり、自分たちの「あそび」はそれより金をかけて複雑だが浅薄だという思いがある。心のあたたかさについても、ひけめがあり、彼らがあたたかく自分を迎えてくれたように、自分は日本へ来た彼らをあたたかく迎えられるだろうか？ 御馳走《ごちそう》は並べるにしても、あたたかさで、彼らを越えられるだろうか、と。

そして、そんな彼我の差は、死や貧困や病気や暴力との距離の差であることも漠然と、われわれは承知しているのではないだろうか？ 彼らの「あたたかさ」「喜びの深さ」を育んでいるのは、私たちがなんとか距離をとろうと努力した死や貧困や病気や暴力ではないか、ということを。

ペルーのフジモリ大統領の、日本大使公邸事件における断固たる行動に比べて、わが国の橋本首相の腑甲斐《ふがい》なさを口にする人々は、結局のところ自分のコンプレックスを反映させているのである。フジモリ氏の断固とした行動、したたかさを育てたのは、ペルーのテロリズムであり貧困であり小国の無念でありマイノリティの屈辱なのだから、そうしたものを国内から排除した日本人は、知的にはともかく存在としては、フジモリ氏にはなりようもなく、不可避的に橋本龍太郎になるしかないのである。しかし、それでは嫌《いや》だという気持も、ほとんど悲鳴のように私たちの内部にあることも確かである。

少女の「自分の身体を自分で売ってなにが悪い」という「合理主義」に、将来損をするぞといった言葉しか返せない浅薄の中に私たちはいる。それは、ほとんど十二、三歳の福沢諭吉の合理主義から一歩も出ていないのではないだろうか？　いや当時の福沢の前には、立ちはだかる不合理の壁が厚く、それに立ち向う熱さも切実さもあったが、いまはただ熱度もなく合理に立ち向おうとして、結局合理しかないにすぎない。自分の娘ならともかく他人の子に「嫌だから嫌だ。やめなさい」と叫ぶ滑稽《こっけい》も承知しているし、叫ぶ情熱もない。

しかし、それだけに、もし誰かが売春をしている他人の娘をつかまえ、ただもう叱りつけて家に帰すことに成功したら一種の感動をおぼえるのではないだろうか？　そんなことでなにも解決しない、というような言説がとび交うに決まっているが、それでもなにがしかの感銘があるのではないだろうか？　私たちはその程度の「ばかげた行為」にも飢えているのである。「合理」と「平穏」と「損得」にがんじがらめになってなんと「ばかげたこと」が出来なくなっていることだろう。

ことによると危険も愚かさも不合理もそなえた私たちの「あそび」は、そのようなところにしかないのかもしれない。

すると、私の頭に一つの映像が横切る。

過去の映像ではない。日本人の「攻撃性」に関わる未来の空想である。

戦前戦中の日本にあったもので、おそらくもっとも戦後に忌避されたのは他国への攻撃性ではないだろうか？　経済の海外進出が、その情念にとって代ったという人もいるし、幾分それは真実だと思うけれど、憎しみや敵意を抱いて武器で相手を倒すのと、商業行為は、やはり同じとはいえないだろう。戦後日本人のその種の攻撃性は、もともとないかの如《ごと》く抑えこまれて来た。それはまさしく戦中を拒否することで自己形成して来た戦後の日本の歪《ゆが》みの一つといわなければならないだろう。私には小学生だったとはいえ、自分が「鬼畜米英」を叫び、一人でも多くのアメリカ兵を殺そうと願った時代があったことを忘れることができない。あの攻撃性を日本人が失なっているはずがない、と思ってしまう。そして、その抑えられていた攻撃性が噴出する日の映像が悪夢のように時折横切るのである。

たとえばある国が日本に理不尽にミサイルを撃ち込む。数百人の日本人が死ぬ。そうなれば、私たちは大義名分を得てためらいなくその国を憎むことが出来る。攻撃することが出来る。

すると、日本人が蓋《ふた》をして来た攻撃的な情念がいっせいに解きはなたれ、歯どめがきかなくなるのではないか、という恐怖が私にはある。不合理も愚かさも狂気も信仰の暗部も跳梁《ちょうりょう》して、とどめようもない。

そのようなことで、私たちの日常が再生することを怖れる。

せめて「祭」や「あそび」が、近代の軛《くびき》をはずし、死や狂気や不合理や放縦をもっともっととり戻すことは出来ないか、と思う。しかし、おそらくそれは言葉の上だけの願いかもしれない。

一方、私たちの「夢」は、どのようになっているだろう?

先日私は一九九五年につくられたベトナム映画を見た。ダン・ニャット・ミン監督の「ニャム」である。

ベトナム北部の農村の十七歳の少年の物語で、ニャムは主人公の名前である。父はすでになく兄は出稼ぎに出て、ニャムは母親と妹、兄嫁と四人暮しで唯一の男手である。詩の好きな少年で、本当は都会に出て学校に行きたいが、家族を捨てることはできない。黙々と働いている。

都会から美しい娘が里帰りして来る。ニャムはその娘に憧《あこが》れを抱く。長い夫の不在で孤独な兄嫁は、ニャムとその娘が近づくことに傷つく。しかし、ほとんど感情を外に出さない。貧しい農村の日々が丁寧《ていねい》に描かれる。最後にニャムは徴兵されて、バスで軍隊に向うところで終るのだが、静かで美しいいい作品だった。

数人の日本のテレビドラマに関わっている中年、青年の男女と見て誰もが感動したのだが、不謹慎を承知でいえば「これで感動させてしまえるベトナムは楽だよなあ」というのが酔余の本音であった。

ニャムはいくつもの夢を抱いている。

都会へ行きたいという夢、勉強をしたいという夢、家族のために働かなくてもすむ日の夢、一人になりたいという夢、兄が出稼ぎをせずにすむような豊かさの夢、都会の女性への夢、戦争や徴兵のない国の夢、そして、直接描かれてはいなくても、もっと洒落《しゃれ》た服や靴《くつ》を身につけたいとか、車が欲しいとかバイクが欲しいとか、自分をはなれても病気の人にもっと薬があれば、とか村の中心の道路だけでも舗装になれば、とかテレビがあったら、電話があったら、スーパーマーケットがあったら、とか、映画を見ていると、いくらでも満たされない「夢」が溢《あふ》れて来るのである。

その夢のどの一つであれ、それだけで人々の胸をうつ切実な物語がつくれる。

しかし、いまの日本ではどうだろうか？

ニャムの、どの夢を主題にしても、胸をうつ切実な物語をつくるのは至難である。

無論いまの日本でも、勉強をしたいのに出来ないという少年はいるだろう。しかし、それを描いて多くの人が共感をし、自分と重ねて胸を打たれるということは、おそらくないだろう。むしろいまの日本の少年の切実さは、勉強の機会が土砂降り的にあたえられて、それをどう振りはらうか、というところにあるだろう。

もっと薬があったら、というようなドラマもほとんど心を打たないだろう。むしろ、あたえられすぎた山のような薬から、なにをのまずにすましたかという物語、全部のんで副作用でひどいめにあったという物語の方が共感を呼ぶだろうが、それは見る人が静かに涙して感動の中で動かないなどというわけには、なかなかいかない。

都会への憧れ、はいまの日本だってあるだろうが、それを主題にして物語をつくるほど多くの人が都会に幻想を抱いているとは思えない。むしろ山の暮し森の暮しへの幻想の方がまだまだ無傷で、物語をつくりやすいかもしれない。

出稼ぎも、日本ではもう単純な悲劇としては成り立ちにくいだろう。貧困が生木《なまき》を引き裂くように家族をバラバラにするという次元で出稼ぎを描いたら、見る人は、あまりに細かな現実に目をつぶりすぎた物語だと感じるだろう。

電話などはいうまでもない。そのために殺人が起こっても不思議はないくらいに溢れている。舗装道路もそうである。舗装されて嬉《うれ》しいという話どころか、思わぬ片隅に舗装されていない土の道を見つけて感動したりする始末である。

洒落た服や靴や車やバイクも、いまの日本で単純な欠乏の対象として描くわけにはいかない。手に入れたいと願う主人公に共感して応援し、手に入れたことでよかったよかったと拍手するという次元の物語で多くの人を感動させるのは、余程の才能を要するだろう。

まだまだ続けてもいいが、要するにベトナムのニャムという少年の「夢」は、ほとんどいまの日本人の「夢」とは重ならない。

無論私たちの社会も、いつ窮乏の生活を迎えるか分らないし、欠乏の記憶や想像力はあるから「ニャム」の物語に感動はするが、少なくとも現在の私たちの切実さはそこにはない。

私たちの切実な夢はなんだろう？

前の段で私は日常を断ち切り再生させてくれるものへの欲求をあげ、それが心の深い領域に及んで果たされるためには、いまの社会が拒絶して来たものを必要としてしまうと書いた。危険をおかすとか、大事なものを失うとか、不合理に身をゆだねるとか、大病になるとか、どっちにしても合理主義、科学主義がマイナスとしたものの救けを借りなければ日常は深い意味で再生しない。

おそらくこれからの私たちの「夢」も、なんにせよ、そんな厄介さ、難しさを含んでいるように思う。

無論面倒くさくない夢も依然として一見「私たちの夢」としての装いを保っているが、そうした夢——住居の夢、金儲《かねもう》けの夢、容姿の夢、性的な夢、能力の夢といったものを、本当に私たちは切実な夢として抱き続けているのだろうか？　そうした夢を手にした時の空しさを私たちは内心もう知ってしまっているのではないだろうか？　切実な私たちの夢は別のところにあるような気がする。

それはたとえば（他でも書いたことがありお読みになった方には申訳《もうしわ》けないが、分りやすいのでくりかえすと）、陸上競技の百メートルで新記録を競うことはやめるというようなことである。かつて百メートルの新記録は、人間の可能性をひらくものだったろう。さらに速く走る人を知って、人間はそこまで速く走るのか、と自分の可能性に重ね合せて励まされた人も少なくないだろう。しかし、人間のサイズ、骨格、筋肉には限度がある。どこまでも新記録を出すわけにはいかない。ある限度を超えて目指せば、それはおそろしく非人間的な努力を選手に強いることになる。現に薬物を使った選手もいるし、骨に外科的な細工をしてなんとかしようとする動きもあると聞く。そんなことで得た新記録に、どんな意味があるのだろう？　少なくともいままでの方向で、これ以上百メートルの新記録を競うことは残酷で馬鹿気ている。

薬物を使おうと外科手術をしようと、なにをしてもいいから新記録を競おうというなら話は別だが、それはおそらくオリンピックを支えた理念に反するだろう。だったらまず百メートルの新記録をやめる。次に幅跳びの新記録をやめる。そのようにして「新記録を競う」という意図そのものを駆逐する。競争を人間のサイズに取戻す。それは当然、痛みをともなうし、活力を奪う危険もつきまとうだろう。しかし、これからの私たちが「夢」見るものは、物がない、物が欲しい、物を手に入れるというような明解な一本道であることは少なく、多くの人が共有している感受性を傷つけたり、時には「新記録」の例のように、自己破壊を経なければ果たせない「夢」が多いのではないだろうか？

ベトナムの映画を見たあと、しばらくしてまだ映画化されていない台湾の若い監督のシナリオを読む機会があった。

するとそこではベトナムの少年の抱いていた夢はもう切実な夢にならず、社会は物質的に豊かであり、出て来る青年は日本の青年と酷似していた。シナリオは、日本のシナリオがそうなりがちなように、切実さを見失い、ドラマの活気を近親相姦に求めていた。それは日本のテレビドラマが、身障者を主要人物にしてわずかにかつての切実さで客を呼ぼうとしているのにも似て、身につまされたが、多くの人の切実さは、近親相姦を通しては、とらえにくいだろう。しかし、それは一人の作家の才能の有無というような分りのいい問題ではない。才能はことによると、ベトナムの監督より台湾の監督の方があるかもしれない。しかし、台湾の監督は立ちすくみ、それはそっくり日本の映画やテレビのつくり手が立ちすくんでいる場所なのである。

かつての切実さ（貧困、飢餓などなど）が力を失い、だからお前たちは幸せなのだ、不幸と感じるのは結局のところお前の傲慢《ごうまん》なのだといわれ、瞑想《めいそう》したり献金したりしてなんとか自分を幸福だといい聞かせようとしている人も多い。

しかし事実は、おそらく新しい社会の新しい切実さをとらえそこなっているのである。その切実さが見えないからこそ、どうして若い人たちが新宗教の企てた殺人にすすんで加担したのかが、ほとんど理解できない。

しかし、彼らをつき動かした切実さは、きっと私たちの中にもあるにちがいない。それが見えない。

見えないまま十八、九世紀から語り継がれた物語——貧困からの脱出、自由への希求、不合理への怒り、戦争の悲惨というような文脈で、目の前の現実を見ようとしている。だから私たちの切実な苦痛も切実な夢も一向に見えない。

私たちは、新しい物語を切実に求めているのである。新しい夢を、といってもいい。そして、そのためには固まってしまった物語を打ちこわす契機が必要であり、それはたとえば物語には結末があるという思い込みをこわすだけでも、なにかがひらけて来るかもしれない。いかに多くの物語が結末を必要とされたためにひろがりを失ったかは計り知れない。もっともらしい結末をつけなければならないために捉《とら》え損なった切実が、どれほどあることだろう。

それは小さな世界の小さな例といってもいいが、ともあれ私たちは今までの「あそび」―今までの「夢」では、ますます非現実を生きる他はない峠《とうげ》に立っているのではないだろうか?

（一九九七年）

解説　空腹と未来

加藤典洋

ある頃から、自分がいくつなのかを自分でわかっていないということを思い知らされる機会が多くなった。たぶん六〇歳を過ぎたあたりからだ。

そのため、自分の年齢を何かの折りに意識させられると（私はいま六七歳である）、えっと驚き、自分をにわか仕立てのマトリョーシカ人形になったように感じる。外から見ればいまやホンモノの老人なのだが、その内側は、いつの頃からかこの世から「蒸発」した人間、世間的な行方不明者となってしまっている。表側と裏側と、自分が二人に剝離《はくり》している。自分の内奥に、年齢不詳のうさんくさい人間――文字通りの「居場所《ホーム》」をもたない人間――が住まうようになっているのである。

まあ、これは少し大げさな言い方だし、それに丁寧な言い方ともいえない。あるときから自分の中での「自己認識」と社会的な「認証」とのあいだに大きな齟齬《そご》が生まれるようになった、自分がうまく年齢どおりの「立派な老人」になりおおせてくれない、とでも言わないと、わかってもらえないだろう。しかし、そう言いたくないのは、ここのところがちょっと微妙だが、「ま、どうでもいいか」（と声がする）。面倒だ、わかってもらうまでもない、という気分が、横着にも――というべきなのだろう――、腰を下ろして、動かないのである。

とここまでが、このエッセイ・コレクションの書き手との出会いを語るための枕《まくら》である。

私はこの本の書き手、山田太一のだいぶ遅くなってからの読者である。一九八〇年代くらいまではテレビはあまり見なかったので、「男たちの旅路」も「岸辺のアルバム」も「ふぞろいの林檎たち」も知らない。山本周五郎賞受賞作の小説『異人たちとの夏』も読んでいない（大林宣彦監督の映画は偶然見たが）。一昨年（二〇一四年）、小林秀雄賞を受賞したほぼ書き手の七〇代を覆《おお》う最近九年間に書き継がれた連載エッセイを集めた『月日の残像』を読んで、はじめて、自分のすぐ近くに、こういう下り坂の気分に合う、気むずかしい、しかも気むずかしさを目立たないように丁寧に身体に畳み込んだただならぬ書き手が佇《たたず》んでいることを知った。

その切れ味がなまなかでない。目にもとまらぬ早業《はやわざ》、という言葉があるが、サイレンサーで一撃を受け、身体に風穴があく。それからしばらくすると、体内にひっそりと外からの光が降りてくる。――数歩歩いて、ややあって倒れる、そういう快い全身的な読後感が、読んでいるうちに身体を満たした。

この年になって新しく人を知ることのよろこび、というものがある、と私はいま感じている。そうした発見は劇も終幕近くになってはじめて登場する俳優のように、周囲になじまず、浮いており、場違いだが、新鮮な味わいがある。そこには、もっと早く知ってもよかったのに、なぜこの年になるまで自分はこの書き手を知らなかったのだろう、という驚きがある。そこに悔《く》いがまじっていないはずはないだろうに、不思議なことに、いま出会ったよろこびがまさっている。山田太一といえば一昨年は朝日賞を受賞している。エライ人なのだが、そういうことは頭にこない。こちらとしては勝手に、ひそかに、そのエッセイにふれて旧友に会うような懐かしさを覚え、そういえば自分にはこの年になって、友人はもう一人、二人しか残っていないナ、と思ったりするのである。

まず、解説者の役目をまっとうしよう。

この本は、一九七〇年代から九〇年代までに書かれた山田太一のエッセイの傑作選として企画された文庫版の三部作コレクションの三冊目だ。戦後の日本、日本人、社会の変化にふれて書かれた諸編（一部私的なことがらへの言及をも含む）を収録している。ちなみに、これに先立つ二冊は、同じ時期に書かれたもののうち、人間というものの不思議全般に及ぶ人生の機微にふれたエッセイ（一冊目の『S先生の言葉』）、山田の手がけたテレビドラマに関するエッセイ（二冊目の『その時あの時の今——私記テレビドラマ50年――』)を、それぞれにまとめたものという。私としては他の二冊も読んでみたいが、この解説の仕事があるので、いまは禁欲する。

本書のエッセイは、六つに分かれている。おおよその見当でいうと、Ⅰには一九七〇年代以降、九〇年代あたりまでの日本社会の変化への反応が記されている。読み応《ごた》えのあるエッセイが、多い。かつての私のように初読の読者は、はじめに置かれた数編を読むだけで、どうもこのエッセイは、あるいはエッセイの書き手は、ちょっと違っているゾ、と思うことになろう。たとえば、冒頭の一編。「明るい話を書きたい」とはじめて、要は随筆欄に暗い話もないだろうと「気を回したのである」と書く。そういうエッセイはある。しかしさらにこれを「一種の礼儀といってもいい」と続ける書き手は、あまりいない。この最後の一文を書き手は、どんな顔をして書いているのだろう、と思うと、その表情はニュートラル(＝無表情)である。そこには何か、エッセイになじまない空白が感じられる(「明るい話」)。Ⅱではテレビの仕事などを通じて世間を渡るうちに書き手、山田に浮かんできたきれぎれの思いが、後日の丁寧な思考で反省されている。一日の労苦に引っ張られ、皺寄《しわよ》ったワイシャツが、深夜、霧を吹かれ、アイロンを当てられ、丁寧に畳まれているのだが、ここにも私などにはつい、目のとまる記述がある。たとえば、こんな一編。山田は戦時中、米(闇米《やみごめ》)の買い出しをして警官に助けられた。見つかればすべて没収される。その取り調べの列で傍《そば》の警官が少年の彼と姉とに「逃げろ」と言ったというのである。そのときのありがたさは格別で、その後、彼は、仕事なり組織なり法律なりに関わるときには、「多少ともそこからはみ出さない奴は駄目だ」と思うようになる。組織に属する人を見ると、この人は「はみ出す」人かそうでないかという目で見る。そして後年、この感慨は、戦場にいる「万年二等兵」めいたおちぶれた年長の兵隊の「曖昧《あいまい》な感情」が自分にとって「安らぎの場だった」という、鶴見俊輔の言葉に合流する。しかし、それで、このエッセイは終わらない。というのも、考えてみれば自分を逃がした警官は「曖昧」どころではなかった。逆にはっきりしていたからだ。しかし、その挙動は、これを黙認して「曖昧に」見逃した同僚の存在なしにはありえなかったのではないだろうか……。彼の思考は、いわば彼の手を離れた後も、——エッセイの境界を越え——ブリキの兵士のように動きを止めず、遠くまで歩むのである（「組織の中で働くということ」）。

こうして、Ⅲには生まれ育った二つの町である浅草と湯河原にふれた感慨が、Ⅳには社会のなかの家族と夫、妻、男と女といった問題の周辺が、Ⅴにはテレビドラマの脚本の仕事をめぐる小話、エピソードが、そしてⅥには、テレビドラマ、脚本制作の背景をなす著者の社会観、またそこにまつわる常識への疑いが、やや詳しく、述べられる。

後段に進むにつれ、自作のテレビドラマの背景の社会変化にまつわる鋭敏な社会批評なども展開され、山田の作品に通じていればもっと深く味わえるのだろうと思われる記述も数を増す。しかし、そういうこちらの側の不案内を計算に入れても、明らかに、ほかのエッセイとは違う。

一昨年、右の『月日の残像』への小林秀雄賞の授賞式の際、選考委員の一員として、私はそのことについてこう述べた。

——山田さんはあとがきにご自分のエッセイを全部で「三五本」ではなく「三五作」と書いています。その通り、内容が日本で言う随筆のようではない。一つの作品として読めます。一見おだやかな表情を浮かべているが、語られていることは辛辣《しんらつ》、苛酷で、そこにはきわめて私的な感情がみなぎっている。そしてそれを自他に公平であろうとする気組みが、圧伏している。そこから、山田さんのエッセイに独特の佶屈《きっくつ》感、力感が生まれてきます。いってみるなら、早朝、極寒の路上に出たときのように、読んでいると靴の下から霜柱《しもばしら》のつぶれる音が聞こえる。そして読後に、小骨が残る。「よかった、でもよかったというだけでは話がすまない、という感じが残るのです。」

こうした山田の独特なエッセイの味わいは、どこからくるのか。

一つに、彼がテレビドラマの脚本家という新奇な職業の先駆者、第一人者でありながら、それにいつまでも慣れることができない、なじめない人だということがある。

テレビというのは何しろ派手な世間である。山田は、光のどぎついところが苦手だ、いやだ、という気持ちを頑迷に保ちながら、その一方で、テレビや映画という、きわどい場所に身を置き続ける。そこに、彼のエッセイが、そのときそのときの時代の突端で、それ自体光の輝かしさを受けながらなお、うす暗がりへの、過ぎ去ったものへの好みに偏するという、屈折しつつも強烈な味わいをもつ文章となりえていることの秘密の一端は、あるように思う。

もう一つは、世智と批評の混淆《こんこう》。世間知のトゲが、彼の文学的感性、批評的な感覚をいわば大根のように「すりおろす」。その一方で、硬質な批評性が彼の世間知の働きをある種の「ういういしい」ためらいのようなものに変える。たとえば、「浅草」と題する一編がある。そこで生地である浅草の食堂で耳にした地方出身の若い男女のやりとりから感じられたものを、彼は「平凡で陳腐な会話の切実さ」と評する。「愛情」だの「心」だの「恩」だのという言葉がまじっている。そんなやりとりは、いまどき、浅草以外の場所でならさぞかし間が抜けて聞こえるだろう。だが、浅草でなら通用する。「それはつまり浅草がさびれてしまったということではないか、といわれるかもしれない。そういってもいい。さびれたからこそ、浅草は浅草でいられるのである。」「繁昌している街は、みんな似てしまう。同じデパート、同じ名店街、同じ食堂、同じ本屋、同じ雑踏。そんな流れに抗して浅草でいるためには、さびれる以外に、どんな方法があったのか？」「土地そのものの意志のようなものが、自らをさびれさせているのだという思いがある」。

それは浅草のことだが、山田自身のことでもある。ここで批評は意地と一緒になっている。山田の中で浅草に生まれた空腹の少年が声をあげているのである。

これらのエッセイから浮かび上がる山田は、総じて、恐竜の絶滅する時代を生き延びる小哺乳類《しょうほにゅうるい》を思わせる。ネズミのような哺乳類の祖先は、夜のなかを絶望的に逃げまどっただろう。腹の底まで響く恐竜のずしん、ずしんという足音が近づくたび、恐怖に歯をかちかちと鳴らしたことだろう。しかしやがて、恐竜の時代が終わり、哺乳類全盛の時代がくると、多くの小哺乳類の子孫は、その恐怖と卑小さの自覚が自らの生きる力、生存本能の根源であったことを忘れてしまう。山田はそうではない。彼が、自分を戦争の記憶を失わない世代の人間と自己規定し、そのような作品を作ろうとし、またエッセイを書くにしても老年の余裕から遠く、つねにこれを一種真剣勝負の場所とみなしてやまないのは、恐竜の絶滅する時代を生き抜いてきた人間の空腹の苦しさとよるべなさを忘れない、真率な未来志向者だからなのだと、私は考えている。

（文芸評論家）

初出一覧

I

呪縛　「暮しの手帖別冊　ご馳走の手帖」二〇〇一年版　⑥
明るい話　「神奈川新聞」二〇〇〇年六月十八日　⑥
私が受けた家庭教育　「佼成新聞」一九七三年一月十二日　②
私たちを支えてくれている他者の姿　橋口譲二『職　1991-1995』寄稿、メディアファクトリー、一九九六年六月　⑤
車中のバナナ　「家庭画報」一九七七年十月号　③
赤いネオンの十字架　「かまくら春秋」二〇〇〇年十二月号　⑥
柯橋鎮　「小説新潮」一九九三年一月号　⑤
味気ない反復の呪縛　「朝日新聞」一九八三年八月五日　④

II

組織の中で働くということ　「週刊とちょう」一九七七年四月十四日号　③
底流にあるもの　「マネジメントガイド」①　＊「軽蔑もいっぱい」改題
差入れ屋さんの思い出　「刑政」二〇〇一年一月号　⑥
田舎町のポルノ　「クロワッサン」一九八二年一月十日号
アンチ・事実感覚　「マネジメントガイド」①

Ⅲ

父の思い出　「幼児開発」一九七八年五月号　③
かすかな匂い　「つばさ」（日本エアシステム社内報）一九九二年九月　⑤
浅草　「読売新聞」一九七五年十月十九日　③
故郷の劇場　「ヘキストカプセル・まちあいしつ」一九八二年十一月一日　③
浅草はちゃんと生きている　山田太一編『土地の記憶　浅草』解説、岩波現代文庫、二〇〇〇年一月　⑥
プールにもぐって…　「ナンバー」一九八二年二月五日号　③
中学生のころ　川島源太郎編『少年記　明治・大正・昭和生れの各界著名人の青少年時代』泰樹社、一九八四年八月　④
湯河原温泉　「読売新聞」一九八四年四月二十三日　④

Ⅳ

家をめぐって　「Voice」一九七八年三月号　③
運動会の雨　「更生保護」一九八四年七月号　④
わが街・かわさき　市民グラフ「かわさき」特別号　二〇〇一年二月　⑥
妻たちの成熟　『講座　現代・女の一生4　夫婦・家庭』岩波書店、一九八五年七月　⑤
夫もあぶない今年　「朝日新聞」一九八五年一月一日　④
男・女・家族　『変貌する家族2　セクシュアリティと家族』岩波書店、一九九一年八月　⑤

Ⅴ

松竹大船撮影所　「神奈川新聞」二〇〇〇年二月二十日　⑥
いたらぬ者はいたらぬことで救われる　「現代詩手帖」一九七八年三月号　②

異端の変容　「マネジメントガイド」一九七七年十二月号　①
銀座志願　「銀座百点」一九七七年十二月号　②
口惜しい夏　「文藝春秋」一九七九年十二月号　③
キッカケの男　「本の窓」一九八二年夏号　④
残像のフォルム　『変貌する家族6　家族に侵入する社会』岩波書店、一九九二年二月　⑤

Ⅵ

血を流さない死体　「マネジメントガイド」①
小津安二郎の選択　「神奈川新聞」二〇〇〇年十二月十七日　⑥
老年という季節　「同時代通信」第七号（一九九八年二月）⑥
なにが老人を救うか？　「あけぼの」一九七八年九月一日　⑥
遊びと夢の峠で　『現代日本文化論10　夢と遊び』岩波書店、一九九七年七月　⑥

＊各編末尾の丸数字は、収録エッセイ集を表す。
①『街への挨拶』産業能率短期大学出版部、一九七四年→中公文庫、一九八三年
②『昼下りの悪魔』冬樹社、一九七八年
③『路上のボールペン』冬樹社、一九八四年→新潮文庫、一九八七年
④『いつもの雑踏いつもの場所で』冬樹社、一九八五年→新潮文庫、一九八八年
⑤『逃げていく街』マガジンハウス、一九九八年→新潮文庫、二〇〇一年
⑥『誰かへの手紙のように』マガジンハウス、二〇〇二年
＊本書収録エッセイの末尾には初出年を付した。初出媒体や掲載年が不明の場合は、単行本収録時の年数を付した。

昭和《しょうわ》を生《い》きて来《き》た

山田《やま》《だ》太《た》一《いち》エッセイ・コレクション

二〇一六年 三 月二〇日 初版発行
二〇二五年 五 月三〇日 4刷発行

著 者 山田《やまだ》太《た》一《いち》
企画・編集 清田麻衣子（里山社）
発行者 小野寺優
発行所 株式会社河出書房新社
〒一六二-八五四四
東京都新宿区東五軒町二-一三
電話〇三-三四〇四-八六一一（編集）
〇三-三四〇四-一二〇一（営業）
https://www.kawade.co.jp/

ロゴ・表紙デザイン 粟津潔
本文フォーマット 佐々木暁
本文組版 株式会社キャップス
印刷・製本 大日本印刷株式会社

Printed in Japan ISBN978-4-309-41442-3

S先生の言葉

山田太一　41408-9

日本ドラマ史に輝く名作テレビドラマを描き続けた脚本家にしてエッセイの名手・山田太一が、折に触れ発表してきたエッセイを厳選しておくる「山田太一エッセイ・コレクション」第１弾。

その時あの時の今　私記テレビドラマ50年

山田太一　41419-5

半世紀にわたりテレビドラマを発表し続けてきた名脚本家・山田太一が、自らの仕事について、「岸辺のアルバム」「男たちの旅路」「ふぞろいの林檎たち」など自作について大いに語る。解説：宮藤官九郎。

引き出しの中のラブレター

新堂冬樹　41089-0

ラジオパーソナリティの真生のもとへ届いた、一通の手紙。それは絶縁し、仲直りをする前に他界した父が彼女に宛てて書いた手紙だった。大ベストセラー『忘れ雪』の著者が贈る、最高の感動作！

戦力外捜査官　姫デカ・海月千波

似鳥鶏　41248-1

警視庁捜査一課、配属たった２日で戦力外通告⁉　連続放火、女子大学院生殺人、消えた大量の毒ガス兵器……推理だけは超一流のドジっ娘メガネ美少女警部とお守役の設楽刑事の凸凹コンビが難事件に挑む！

推理小説

秦建日子　40776-0

出版社に届いた「推理小説・上巻」という原稿。そこには殺人事件の詳細と予告、そして「事件を防ぎたければ、続きを入札せよ」という前代未聞の要求が……ＦＮＳ系連続ドラマ「アンフェア」原作！

愛娘にさよならを

秦建日子　41197-2

「ひとごろし、がんばって」――幼い字の手紙を読むと男は温厚な夫婦を惨殺した。二ヶ月前の事件で負傷し、捜査一課から外された雪平は引き離された娘への思いに揺れながら再び捜査へ。シリーズ最新作！

著訳者名の後の数字はISBNコードです。頭に「978-4-309」を付け、お近くの書店にてご注文下さい。